L.M.R.
Der Fluch des Scharlachroten Marshalls

Eine Novelle aus der Welt der Fünf Paladine

L.M.R.

DER FLUCH DES SCHARLACHROTEN MARSHALLS

Eine Novelle
aus der Welt der Fünf Paladine

Erste Ausgabe Juli 2023

Copyright © Luis Rimmel 2023
Published by Luis Rimmel
c/o Rimmel, 82392 Habach

Cover by Tobias Kolbinger & Luis Rimmel

Für
Chris McCandless

»Monster gibt es wirklich und Geister gibt es auch. Sie leben in uns und manchmal gewinnen sie.«

Stephen King

Prolog

Ein kleines Tröpfchen kämpfte sich langsam den schweren Ast der Fichte hinunter. Es rann über die spitze Nadel hinweg und fiel schließlich hinab auf den feuchten Waldboden, wo sich die erste Knospe eines lieblichen Schneeglöckchens gerade durch die dünne Schneeschicht drückte. Die warme Morgensonne ließ ihre ersten glitzernden Strahlen durch die Kronen der zahlreichen dicht aneinander stehenden Bäume schimmern, in denen die Vögel endlich begannen, ein heiteres Lied anzustimmen.

Plötzlich huschte ein Schatten durch das Dickicht. Er war flink und schnell, sodass ein verwahrloster Wanderer ihn leicht für ein Raubtier gehalten hätte. Flott bahnte er sich seinen Weg durch das zerklüftete Unterholz, sprang über Stock und über Stein und über plätschernde Eisbäche hinweg, gekonnt vorbei an den gähnenden Abgründen tiefer Schluchten, bis er schließlich einen steilen Abhang erreichte. Vor ihm erstreckte sich eine felsige Mulde, in deren Mitte eine kleine Hütte kauerte. Der Winter hatte sie beinahe vollständig unter seinem weißen Mantel bedeckt, doch mit dem Tauwetter kam sie nun gerade wieder Stück für Stück zum Vorschein.

Unbesorgt preschte der kleine Junge hinab in die Mulde und untersuchte gleich neugierig die hölzerne Behausung. Die Tür war noch immer von einer dichten Schneemasse versperrt, also hüpfte er einmal um die Hütte herum, bis er ein kleines Fenster entdeckt hatte. Das Glas war schrecklich milchig und von einer dichten Frostschicht überzogen, doch mithilfe seines warmen Atems und dem kräftigen Reiben seines Ärmels auf der undurchsichtigen Oberfläche konnte er letztendlich doch noch einen Blick hinein erhaschen. Es dauerte jedoch nicht lange, da sprang er plötzlich wie vom Blitz getroffen von dem Fenster weg und stolperte rücklings in den Schnee. Eilig rappelte er sich wieder auf und stürmte sofort, so schnell er konnte, aus der Mulde heraus und in das Dickicht zurück.

Denn dort im Inneren der einsamen Hütte hatte er gerade zwei schwammige Silhouetten erblickt. Er hatte nicht lange genug hineingeschaut, um sie genauer beschreiben zu können, doch ihm war sofort aufgefallen, dass eine von ihnen in einer getrockneten, dunklen Lache lag, während die andere mit offenem Munde an die Hüttenwand gelehnt saß. Und beide von ihnen kauerten dort reglos und erstarrt im Grauen des Winters.

Kapitel 1

Heulend wurde die hölzerne Tür der Almhütte aufgerissen, sodass der Sturm eilig hereinflog und das gesamte Zimmer in einen undurchsichtigen Nebel hüllte. Wie ein Geist raubte er den spärlich verteilten Kerzen ihre kümmerlichen Flammen und hinterließ überall, wo er vorbeizog, eine Spur fahlen Pulvers. Auf den Bänken, wo Kaufleute, Vagabunden und Hirten sich in ihren dicken Pelzen schmiegten, auf dem Tresen, dessen zahlreiche Flaschen bereits von kleinen Frostflocken überzogen waren, und auf jenem abgelegenen Tisch, an dem eine Gruppe von vier Männern in ihr stilles Kartenspiel versunken saß.

»Macht die verdammte Tür zu, ihr Hornochsen!«, brüllte Cormac Creekov und warf zum erneuten Male seine vergilbten Karten auf die Tischplatte. »Sonst kommt die ganze verdammte Kälte von draußen rein und keiner von uns schafft es mehr lebendig zurück ins Tal!«

Alle Blicke richteten sich sofort grimmig auf den sperrangelweit offenstehenden Eingang. Der Neuankömmling zog verlegen seinen Kopf in den Kragen seines Mantels, dann drückte er mit aller Kraft die Tür zurück in ihre Angeln und verbannte den dröhnenden Schneesturm zurück in den Wald, sodass er mit einem Mal wieder fremd und ungefährlich klang. Der Zitherspieler machte sich wieder an sein schiefes Instrument und die verschiedenen Gruppen eingehüllter Bergleute nahmen langsam ihre murmelnden Gespräche wieder auf.

»Allesamt nichts als grün hinter den Ohren«, fluchte Creekov, wischte sich knurrend die Schneeflocken aus dem struppigen Bart und nahm seine Karten wieder in die Hand. »Denken, sie müssten um diese Jahreszeit das Gebirge überqueren. Auf der Suche nach dem großen Abenteuer oder gar einer Herausforderung! Als ob so ein Schneesturm einem mit der richtigen Überzeugung schon nichts anhaben könnte. So eine verdammte Gebirgsüberquerung ist kein Spaziergang.« Er schnaubte verächtlich. »Du bist dran, Shawnowitz!«

Der langwüchsige Mann zu seiner Linken schüttelte träge seinen eingefallenen Kopf, wodurch ihm der Schnee von der Stirn übers Gesicht rutschte. Er beäugte zweifelnd seine Karten und wackelte dabei mit seinem Bein. »Nicht nur das. Ich verstehe sowieso nicht, wie derzeit irgendwer, der nicht vollkommen den Verstand verloren hat, überhaupt einen Fuß auf die andere Seite des Gebirges setzen möchte. Im Osten sagen sie ja immer, hier in Wyros gäbe es nichts als Dunkelheit und Schrecken, aber dort drüben in Dunkenehr fließt gerade das Blut wie das Wasser des reißenden Stromes. Die Alchemisten Gilde und das Dyxtrak-Kartell sind bereits seit Jahren im Krieg um die Vorherrschaft der kriminellen Unterwelt Dunkenehrs, doch langsam spitzt sich die Lage immer mehr zu. Das wird noch ganz unschöne Ausmaße annehmen, das sage ich euch, Leute. Weiter.«

»Nun ja, meine Herren«, bemerkte der kurzgewachsene Chowak zu seiner Linken, nachdem er seine beschlagenen Brillengläser sorgsam abgewischt hatte. »Wenn man ein Raubtier aus einem Ökosystem entfernt, beginnen die kleineren Räuber, sich um die Spitze der Nahrungskette zu bekämpfen. Die Wälder von Dunkenehr sind leider nicht mehr das Gleiche, seit … ihr wisst schon wer … fort ist. Ah ja, Entschuldigung … Weiter.«

Der vierte Mann am Tisch, Ojibski, in Aussehen und Mimik wie immer einem Fels gleichend, kratzte sich an seinem kahlen Haupt und brummte dann einmal tief. »Hmm. Das sagst du, Chowak, aber in Dunkenehr bekommt man teilweise ganz andere Worte mit. Viele sagen, er wäre gar nicht verschwunden. Denn einen Mann wie ihn kann niemand töten, genauso wenig wie er einfach auf natürliche Weise sterben könnte. Viele sagen, der Sensenmann von Dunkenehr wäre noch da draußen und würde nur wie der kommende Winter darauf warten, wieder über uns hereinzuziehen und erneut Angst und Schrecken in den Wäldern Dunkenehrs zu verbrei…«

»Genug!«, brüllte Creekov und schlug einmal kräftig mit den Fäusten auf die Tischplatte, sodass die vergilben Karten allesamt in die Luft hüpften und selbst Ojibski ein klein wenig davon zusammenzuckte.

Cormac Creekov beobachtete jeden seiner Männer, während sein grau-roter Bart sich dabei langsam wieder zu beruhigen begann. Drei raue Burschen, mit denen er nun schon seit Jahren arbeitete, die er aber bis heute immer noch nicht zur Gänze verstanden hatte. Den dürren Shawnowitz hatte er aus den versifften Spielsalons von Seematt gezogen, nachdem dieser sich durch Trickbetrügerei und Taschendiebstahl das ein oder andere Messer an die Kehle provoziert hatte. Chowak hingegen, der jüngste der vier, neunmalklug und naiv wie er nun einmal war, hatte in Neryl eine Karriere als Buchhalter für die Dyxtraks angestrebt, dabei jedoch nicht in Betracht gezogen, dass ein Verbrecherkartell etwas anderes als eine Universitätsbibliothek war und die Dyxtraks alles andere als Freunde von zu vielen Fragen und zu langen Nasen waren. Und Ojibski wiederum hatte sich als Schläger der Alchemisten Gilde zu oft unschöne Worte nicht gefallen lassen und stattdessen sofort mit der Faust geantwortet. Unter anderem auch, indem er den Prinzen von Schwarzberg zu Brei geschlagen hatte. Alle drei hatten sich einst mit großem Eifer der Kriminalität verschrieben, doch Cormac Creekov hatte jeden von ihnen eigenständig aus dem Morast gezogen, sie von ihren vorherigen Vergehen bereinigt und ihnen wieder zu einem anständigen Leben mit einer anständigen Arbeit verholfen.

»Lasst uns nicht über solche Themen sprechen, Männer«, knurrte er sachte und beäugte jeden von ihnen ein weiteres Mal. »Es war ein anstrengendes Jahr, doch dank Shawnowitz' unschlagbarem Einfallsreichtum, Chowaks grenzenlosem Wissen über die Gesetze der Natur und Ojibskis bärengleicher Stärke konnte kein Schneesturm, keine Lawine und keine noch so Eiseskälte uns von unserem Weg abbringen. Dank unseres Zusammenhalts und unserer Zielstrebigkeit haben wir es geschafft, mehr als ein Dutzend Leute sicher auf die andere Seite des Gebirges zu bringen.« Er schmunzelte einmal unter seinem Bart, der aber so dick war, dass niemand die Form seiner Mundwinkel genau erkennen konnte. »Und jetzt da der Winter hereinbricht und die Berge unsere Anwesenheit nicht länger erwünschen, können wir stolzen Herzens ins Tal zurückkehren und es uns die nächsten Monate mit Schmaus und Trank gut gehen lassen. Ein jeder von uns hat sich das nämlich auch gediegen verdient!«

Zustimmend klopften sie allesamt auf die Tischplatte und hoben grölend ihre Bierkrüge an, sodass sie die ein oder anderen gereizten Blicke aus der Hütte kassierten.

Creekov stellte seinen Krug langsam beiseite und nahm stattdessen wieder die vergilben Karten in die Hand. Bevor er jedoch seinen Spielzug preisgeben konnte, bemerkte er plötzlich etwas Seltsames in seinen Augenwinkeln. Shawnowitz hielt wie immer die Karten in der linken Hand, seine rechte hatte er aber unter dem Tisch versteckt, wo sie gerade eine kurze, verdächtige Bewegung gemacht hatte.

»Shawnowitz!«, dröhnte Creekov, sprang blitzschnell von seinem Stuhl auf und fasste sofort mit seiner Hand unter das Holz vor den Knien seines Sitznachbarn, wo seine Finger gleich ein Stück raues Papier fassten. »Schon wieder!«, brüllte er und hielt Shawnowitz das Ass vor sein eingefallenes Gesicht. »Wie oft muss ich dir noch sagen, dass ich unter uns Vieren einzig faires Spielen sehen möchte? Und trotzdem versuchst du es immer und immer wieder, dir einen Vorteil zu erschummeln!« Tobend warf er die Karte von sich.

»Tut mir leid … Cormac«, murmelte Shawnowitz und verdrehte kaum merklich die Augen.

»Dir tut gar nichts leid.« Creekov kehrte auf seinen Platz zurück und wischte bitter die Karten von der Tischplatte in seine Hand. »Würde es dir Leid zufügen, würdest du es nicht immer und immer wieder tun. Also. Da ich sehe, dass du, Ojibski, ebenfalls nicht die besten Karten hast, werde ich jetzt die Leitung unseres Spiels übernehmen. Wir wollen ja nicht, dass diese Partie andernfalls scheitert. Also, Männer, ich spiele mit dem …«

Wieder wurde die Tür schlagartig aufgerissen und das Heulen des hereinpreschenden Schneesturms verschlang augenblicklich jedes von Creekovs Worten.

»Beim gottverschissenen …!«, begann dieser, warf die Karten gegen die Wand und schnellte in Richtung der offenen Tür – verstummte aber gleich, als er erkannte, was für eine Gestalt dort im vereisten Rahmen stand.

Die gesamte Kleidung, von den nietenbesetzten Stiefel bis hin zu dem langen, ausladenden Mantel, war von Schichten schweren Schnees überzogen, fast als wäre er tagelang durch einen zornigen Sturm gewandert. Der fremde Neuankömmling trat einen Schritt voran, was ein lautes Scheppern erklingen, die Schneemassen wie einen Schleier von ihm herabfallen ließ und einen dunklen Ton von scharlachrot offenbarte.

Creekov riss sofort den Blick von der Tür und fixierte ihn starr auf den Bildern seiner Karten. Mit einem seichten Fingerzucken signalisierte er seinen Männern, das Gleiche zu tun, was sie aber erst viel zu spät wahrnahmen. Schon vernahm er das zuvor schon erklungene Scheppern, welches mit jedem Mal etwas näher klang.

Mit einem Schlucken legte Creekov langsam die Karten zurück auf den Tisch, während der Fremde einen Stuhl von nebenan knarzend heranzog, seinen Mantel weit ausbreitete und sich dann sachte darauf niederließ.

»Ich möchte auf die andere Seite des Gebirges.«

Zunächst herrschte Totenstille, einzig durchbrochen vom Heulen des Winterwindes und dem gelegentlichen Räuspern einer der lauschenden Hüttengäste. Dann, ganz leicht, wandte Creekov den Blick auf seinen Sitznachbarn, dessen Gesicht jedoch hinter einem aufgestellten, spitzen Kragen und der tief gezogenen Krempe eines großen Hutes versteckt war. Einzig ein eisiger Atem drang aus seinem Mund und verwandelte sich in der Winterluft zu blassem Nebel.

»Wenn Ihr dorthin wollt«, begann Creekov schließlich, klopfte auf den Tisch und nahm ein langen Zug aus seinem Krug, »empfehle ich Euch, eine Fähre in Sangclive zu nehmen und damit nach Yakrum, Echmard oder Wystbach zu fahren.«

»Nein.« Der Fremde hob seinen Kopf an, sodass Creekov ihm direkt in seine kalten, leeren Augen blicken konnte. Der Atem, der aus seinem gelben Mund drang, roch unangenehm faulig und war eisig wie ein nächtlicher Schneesturm. Die stählerne Stimme glich einem bedrohlichen Donnergrollen und war tiefer, als Creekov es bei einem gewöhnlichen Mann für möglich gehalten hätte, sodass es fast schon ein Kratzen in seinem eigenen Hals verursachte. »Nein«, wiederholte der Fremde. »Ich möchte das Gebirge überqueren. Ich benötige jemanden, der die Listen und Tücken der Berge kennt und ihre Sprache zu verstehen weiß. Und mir wurde gesagt, dass Ihr, Cormac Creekov, der beste Mann dafür wärt. Ihr habt schon so einiges über das Gebirge gebracht.«

Creekov schob den Krug von sich weg und rieb sich die Augen. Nach einem kurzen Zögern seufzte er. »Da habt Ihr wahrscheinlich Recht. Doch leider kenne ich die Berge auch gut genug, dass ich weiß, dass man zu dieser Jahreszeit keinen Fuß mehr hineinsetzen sollte. Die Nächte sind dunkler als die Abgründe von Ashgil, der Schnee verwandelt sich teilweise in regelrechten Treibsand und die Stürme lassen den Atem in der eigenen Kehle zu Eis werden. Lasst es Euch bitte von einem Mann mit meinen Kenntnissen sagen, mein Herr, dass es wirklich nichts auf dieser Welt gibt, was es wert wäre, nun dieses Gebirge zu überqueren.«

»Oh, doch«, schmunzelte der Fremde und trank einen zischenden Zug von Shawnowitz' Whiskey, der in seinem Mund zu Eis werden schien und einen weißen Dampf von sich gab. »Drüben in Dunkenehr lauert wichtige Arbeit auf mich, die nicht bis zum Ende des Winters warten will. Ihr versteht sicher, dass ich deswegen keinerlei Verzögerungen dulden kann.« Er musterte Creekov mit seinem stechenden Blick. »Wisst Ihr, wer ich bin?«

Der Bergführer, die Finger unter der Tischplatte auf seinen Knien herumtrommelnd, beobachtete das knochige Gesicht des Fremden. Beinahe glich es schon einem Totenkopf, sowohl in Form als auch in Ton, und hob sich markant von dem dunklen Rot seiner triefenden Kleidung ab. »Der Scharlachrote Marshall«, sagte Creekov und seine Finger verkrampften sich augenblicklich.

Der Fremde grinste breit und zeigte dabei seine gelben, fauligen Zähne. »In der Tat, der bin ich. Und wisst Ihr auch, Herr Creekov, was genau die Berufung eines Marshalls ist?«

»Die Marshalls sind fahrende Recken«, fiel der untersetzte Chowak ihm plötzlich vom anderen Ende des Tisches ins Wort, »deren Pflicht es ist, Dunkenehr von Schurken und Halunken zu bereinigen und in den Schwarzen Wäldern für Recht und Ordnung zu sorgen – alles im Dienste der Krone von Venoros.«

Der Scharlachrote Marshall drehte seinen knackenden Nacken in Richtung des Gelehrten und musterte ihn mit knirschenden Zähnen. Creekov wiederum wandte seinen Kopf ebenfalls und funkelte den jungen Burschen wild mit seinen Augen an. Doch vergebens.

»Dennoch«, fuhr Chowak nämlich gleich fort, »frage ich mich, was Ihr als geschworener Marshall Dunkenehrs hier westlich des Gebirges zu suchen habt. Denn Wyros ist eigentlich eher kein Teil des Königreichs unter der Krone von Venoros, sofern ich nicht falsch informiert bin. Liegen Eure Pflichten also nicht vielmehr östlich des Gebirges? Und welcher Arbeit seid Ihr hier im Westen nur bitte nachgegangen?«

Creekov kratzte sich an seiner nun noch faltigeren Stirn, während der Marshall sich in seinem Sitz zurücklehnte und vorsichtig eine geballte Faust auf den Tisch legte. »Sieh mal einer an, wen wir denn hier haben. Jemand, der offenbar gerne viele Fragen stellt. Wisst Ihr, kleiner Mann, warum man mich den *Scharlachroten* Marshall nennt?«

Chowak versuchte, ein Schlucken zu verstecken, gab jedoch keine Antwort von sich.

Der Marshall hingegen lehnte sich etwas vor, legte seinen knochigen Kopf schräg und musterte den Jungen weiter. »Weil ich dafür sorge, dass das schmutzige Blut jener, denen ich ihrer Leben beraube, niemals ihren Körper verlässt. Ich sorge dafür, dass jene, die sich dem Bösen und Sündhaften verschrieben haben, es nicht kommen sehen, wenn der Schleier des Knochenmanns sich über sie legt. Egal, wie tief sie sich in den Tümpel des Frevels begeben haben. Dass es für sie einer göttlichen Bestrafung gleicht, wenn ihnen plötzlich die Seele aus ihren besudelten Körpern gerissen wird. Dass es ...«

Ein kräftiger Faustschlag, der die Tischplatte zum Beben brachte. Auf der andere Seite des Tisches schnellte der stramme Ojibskis nach oben, sodass sein Stuhl beinahe umkippte, und starrte mit kochender Visage und geballten Fäusten auf den Marshall herab. Dieser blickte nur unbeeindruckt zurück.

»Genug!«, donnerte Creekov und platzierte beide seiner Handflächen vor sich auf die Tischplatte. »Ojibski, bitte, kein Grund, hier die Fassung zu verlieren.«

Der stramme Ojibski spuckte einmal aus und setzte sich wieder, ließ dabei aber immer noch bedrohlich seine Knochen knacken.

»Niemanden von uns hat es etwas anzugehen«, fuhr Creekov fort, »was Ihr, Herr Marshall, auf welcher Seite auch immer des Gebirges treibt. Ich werde es Euch aber jetzt ein letztes Mal ans Herz legen – der Winter herrscht nun in diesen Bergen und bis der Frühling ihn letztendlich stürzt, wird er keine atmende Seele die Grenzen seines Reiches passieren lassen. Weder mich noch Euch noch irgendwen anderes auf diesem gesamten Planet. Ich werde mich wiederholen, reitet nach Sangclive und nehmt dort ein Schiff. Das ist der einzige Weg, bei welchem Ihr am Ende lebendig nach Dunkenehr gelangen werdet. Vertraut meinen Worten!«

Ohne den Anschein einer Bewegung lag plötzlich die knochige, in Leder gehüllte Hand des Marshalls auf der seinen und augenblicklich war es, als würde sich ein jeder Muskel seines Körpers blitzartig verspannen. »Ihr scheint nicht zu verstehen«, hauchte er böse grinsend, während sich das stechende Feuer seiner leblosen Augen durch Creekovs Seele bohrte. »Ich werde dieses Gebirge noch vor Frühlingsanbruch überqueren, mit oder ohne Eure Hilfe. Ihr müsst wissen, Herr Creekov, ich vertrete ein simples Konzept von Gerechtigkeit. Ich bin kein Mann, der andere für Ihre Taten nicht entlohnen würde. Ich bin ein Mann, der bestraft, wer gesündigt hat, der tötet, wer gemordet hat, und der entlohnt, wer gearbeitet hat. Doch bin ich mir dessen sicher«, plötzlich hob er sowohl den Kopf als auch die tiefe Stimme an, »dass sich in dieser Wirtschaft schon der ein oder andere eifrige Bursche finden lassen wird, der sich eine goldene Nase damit verdienen möchte, anstelle des alten Herrn hier mich auf die andere Seite des ...«

»Ich tue es!« Creekov zog seine Hand vom Tresen und drückte sie fest schützend an sein rapide pochendes Herz. Sofort entspannten sich seine Muskeln wieder, doch noch immer blieb ihm der krampfartige Schmerz in seiner Nackengegend. »Verdammt, ich tue es. Ich werde

Euch auf die andere Seite des Gebirges bringen. Aber wir brechen gleich morgen Früh auf! Vielleicht erwischt uns dann der Winter noch nicht allzu heftig. Verstanden?«

»War doch gar nicht so schwer.« Der Marshall kippte sich das letzte bisschen Whiskey in den Rachen und erhob sich mit einem lauten Klirren. »Sagt Euch Fort Algoncia etwas, Herr Creekov?«

»Selbstverständlich. Eine seit Jahren verlassene Hochburg, die in der Mitte des Gebirges liegt und den Pass bewacht. Niemand scheint genau zu wissen, was dort geschehen ist, doch niemand scheint es auch genau wissen zu wollen. Ein unschöner Ort, ohne Zweifel, aber der einzige Pass führt nun einmal dort vorbei.«

»Sehr gut. Wir werden die Stadt nämlich umgehen müssen.«

»Umgehen?« Creekov schüttelte entsetzt seinen bärtigen Schädel. »Mein Herr, der sicherste Pass verläuft über Fort Algoncia. Alle anderen Pässe sind weder kartographiert noch präpariert. Ich habe also nicht die geringste Ahnung, durch welche Gefilde sie verlaufen, wie lange man auf ihnen braucht und wo sie uns letztendlich überhaupt hinführen würden. Das ist schrecklich gefährlich!«

»Ich werde keinen Fuß in die Nähe von Fort Algoncia setzen«, knurrte der Marshall und wandte sich von der Gesellschaft ab. »Ich habe nicht grundlos den Besten der Besten hier angeheuert. Ihr werdet einen Weg finden und Ihr werdet mich auf die andere Seite des Gebirges bringen.« Er warf noch einmal seinen knochigen Schädel über die Schulter. »Wir brechen beim Morgengrauen auf.« Dann schritt er scheppernd hinfort.

»Bist du sicher, dass das eine gute Idee war?«, fragte Shawnowitz den seinen Kopf in den Händen vergrabenden Creekov, als der Marshall endlich außer Sicht war.

»Es war eine scheiß Idee«, knurrte dieser durch seine Finger hindurch, bis er sie endlich wieder von seinen Augen nahm. Zum wiederholten Male betrachtete er jeden seiner Männer eine Weile lang. Den dürren Shawnowitz, den untersetzten Chowak und den massiven Ojibski. Dann seufzte er. »Aber wir haben keine andere Wahl. Bei Morgengrauen werden wir uns auf in das Gebirge machen. Wir werden mit wenig Gewicht und schnell reisen, sodass wir die andere Seite ohne Verzögerungen erreichen können. Ojibski, du kümmerst dich um die Ausrüstung und Werkzeuge. Chowak, du kümmerst dich um das Pferd. Und du, Shawnowitz, kümmerst dich um die Vorräte. Wie gesagt, leichte Fracht! Verstanden? Ich werde währenddessen nachsehen, welche anderen Pässe durch das Gebirge führen. Wir alle sollten jetzt am besten zu den Göttern unserer Vorfahren beten, dass sie uns auf unserem Weg beschützen mögen, allen voran dem weißen Herrn Acaar. Denn vor uns liegt ein langer und beschwerlicher Weg, Männer. Vor uns liegt der Winter.«

Kapitel 2

Wenn Cormac Creekov drei Tage später so auf jenen Abend in der Berghütte zurückblickte, konnte er sich nur schämen für jenen Schwachsinn, den er dort von sich gegeben hatte. Ja, eine Überquerung konnte man diese Tortur ganz sicher nicht nennen, vielmehr eine Durchquerung. An manchen Stellen des Passes lag der Schnee so hoch, dass er selbst bis zum Schritt in ihm versank und nur sehr schwer vorankam. Im Tal war es schon verdammt kalt gewesen, doch die eisige Luft hier oben im Gebirge ließ ihn die warme Stube der Berghütte und die Vorfreude auf seine erholsame Winterpause mehr als nur vermissen.

»Siehst du irgendwas!?«, rief er zitternd dem an der Spitze ihrer kleinen Kolonne stapfenden Shawnowitz zu.

Dieser wandte sich um und schüttelte enttäuscht den Kopf. »Nichts, Cormac. Nichts als Schnee, Gestein und nochmals Schnee.«

Creekov reckte seinen erstarrten Nacken und blickte gen Himmel. Die Sonne, versteckt unter einer Decke dicker Wolken, war nicht allzu weit vom Horizont entfernt und wenn sie erst einmal verschwunden war, würde hier selbst die Luft zu Eis gefrieren.

»Dann lasst uns weitergehen!«, befahl er seinen Gefährten frustriert. »Wir müssen vor Einbruch der Nacht einen Unterschlupf finden, selbst wenn es nur irgendeine winzige Höhle ist. Jeder von uns muss Ausschau halten, ob er nicht irgendwo etwas findet.«

Das hatte man davon, wenn man einen schlecht kartographierten und beinahe unbekannten Pass durch ein Gebirge wählte. Shawnowitz und Chowak vor ihm marschierten weiter gegen die Wucht des Windes an, Creekov jedoch wartete noch einen Moment und wandte sich stattdessen um. Etwas weiter den Hang hinab erkannte er die Silhouette einer hochgewachsenen Gestalt, einen großen schwarzen Hut auf dem Kopf und die Hände in den Taschen seines dunkelroten Gewandes, verfolgte er sie stumm und mit sicherem Abstand. Erst als Ojibski mit dem Pferd aufholte, riss er Creekovs Blick endlich von dem fernen Schatten ihres Reisegefährten.

»Alles in Ordnung?«, fragte der breite Mann ihn und hielt inne. Creekov hustete einmal und zurrte sich seine pelzige Uschanka etwas enger um sein zitterndes Kinn. »Mit mir? Ja. Mit diesem Geschöpf dort unten? ... Darauf kann ich dir beim besten Willen keine Antwort geben.« Er wandte den Blick erneut von dem immer noch fernen Marshall ab und klopfte Ojibski einmal auf den dicken Oberarm. »Geh du vor zu den anderen. Du hast für heute genug gefroren. Ich übernehme für die nächste Strecke das Pferd.«

Ojibski nickte brummend und reichte Creekov gleich die frostüberzogenen Zügel. Einmal noch hielt er kurz inne, warf ebenfalls einen Blick auf den heranstapfenden Marshall, brummte ein »Sollte es Probleme mit ihm geben, kommst du zu mir.« und marschierte dann weiter den Hang hinauf.

Ein paar Sekunden blickte Creekov ihm noch nach, bevor die drei Männer ihm aber noch außer Sichtweite geraten konnten, wickelte er eilig die Zügel um seine versteifte Hand und stopfte sie in die Tiefen seines Pelzmantels. Dann widmete auch er sich wieder schnaubend dem Aufstieg des Hanges.

Je weiter sie kamen, desto steiler wurde es, und je steiler es wurde, desto schneller schwanden die letzten kläglichen Sonnenstrahlen hinter dem aufragenden Horizont. Am Morgen war der Himmel noch wolkenfrei gewesen, gegen Nachmittag hatten sich leicht graue Wolken über ihnen zugezogen, nun da aber die Nacht eingekehrt war, färbte sich alles um sie herum pechschwarz. Den ganzen Tag über war Creekov bereits die ungewöhnlich hohe Luftfeuchtigkeit aufgefallen, ebenso wie der flotte Richtungswechsel des Windes, welcher zuvor noch aus dem Süden her geweht war, sich nun aber in einen Aufwind von Nordwesten verwandelt hatte. Creekov kannte die Berge gut genug, um zu wissen, was dies zu bedeuten hatte.

»Ein Schneesturm zieht auf!«, rief er den anderen zu. »Schon bald wird sich die gesamte Luft hier in ein regelrechtes Schlachtfeld verwandeln. Haltet die Augen gut offen!«

Sie marschierten noch eine Weile weiter, während der Sturm immer mehr an Fahrt aufnahm und den Schnee am Boden wild umherwirbelte. Als Creekov das Pferd bereits einige Stunden gezogen hatte, erlaubte er sich irgendwann eine kurze Verschnaufpause, nutzte die Zeit aber, um ihre Vorräte noch einmal zu überprüfen. Zitternd öffnete er eine der Taschen auf dem Rücken des Gauls und wagte einen Blick hinein. Dort erblickte er etwas, was er zunächst für eine Illusion hielt, wurde jedoch sofort eines Besseren belehrt, als er einmal hinein griff und seine steifen Finger tatsächlich einen glatten und langen Gegenstand umfassten.

»Shawnowitz!«, brüllte er aus tiefster Kehle, packte die Zügel des Pferdes und kämpfte sich knurrend den Hang hinauf.

Als er zum wartenden Shawnowitz aufgeholt hatte, stapfte er beide Füße tief in den Schnee und hielt ihm den Gegenstand vors Gesicht. »Was genau ist das?«, fragte er mit zusammengebissenen Zähnen. Sein Arm zitterte dabei wie wild, an seinen ebenso zitternden Nasenflügeln war jedoch zu erkennen, dass es keineswegs nur wegen der Kälte war.

Shawnowitz, die Hände locker in den Taschen, trat etwas näher und kniff seine eingefallenen Augen zusammen. »Das, mein wohl sehgeschwächter Herr Creekov«, murmelte er und zog seinen Kopf wieder zurück in seinen Nacken, »nennt man eine Flasche Whiskey. Eine durch Destillation aus gegorener Getreidemaische gewonnene und im Holzfass gereifte Spirituose.«

»Ich weiß, was das ist!«, knurrte Creekov und schleuderte die Flasche in den Schnee. »Meine Frage zielte auf die Antwort ab, was zur Hölle ein nutzloser Whiskey in unseren Vorratstaschen zu suchen hat! Wohlbemerkt nachdem ich mich eigentlich klar ausgedrückt hatte, ausschließlich das Notwendigste mitzunehmen!«

Shawnowitz bückte sich, fischte die Flasche aus dem Schnee und wischte das weiße Pulver liebevoll von ihrem Etikett. »Hmm. Nun ja, Alkohol hat die wunderbare Eigenschaft, die Körpertemperatur eines Organismus' zu erhöhen, was in einem…« er drehte einmal seinen Kopf in der Luft hin und her, »Gefilde wie diesem, denke ich, durchaus seine Notwendigkeit haben kann. Außerdem, wenn du schon so penibel sein musst, erlaube mir bitte die gleiche Quengelei. Du meintest nämlich, ich solle einzig leichte Fracht besorgen. Dabei ist das ja gerade einmal ein halber Liter.«

Knurrend riss Creekov die Flasche aus seinen Händen, holte einmal kräftig aus und schleuderte sie so weit, wie sein Kugelgelenk es zuließ. Shawnowitz blickte ihr noch traurigen Blickes nach, wie sie flott im weißen Nebel verschwand, dann zuckte er gleichgültig mit den Schultern und wollte sofort fröhlich weiter marschieren.

Bevor er aber auch nur einen Schritt gehen konnte, packte Creekov ihn grob am Arm und zog ihn so nach zu sich her, dass Shawnowitz seinen gezügelten, aber kochenden Atem im Gesicht spüren konnte. »Das war das letzte Mal, hörst du! Das letzte Mal, bevor es endgültig vorbei ist. Fünf Jahre ist es her, seitdem ich dich aus Seematt gezerrt habe, und in fünf verdammten Jahren hast du es tatsächlich geschafft, dich um keine Haaresbreite zu verbessern! Ohne mich wärst du schon längst zugrunde gegangen, aber dennoch musst du immer noch bei jeder erdenklichen Gelegenheit mit deinem gleichgültigen und egoistischen Verhalten die gesamte Truppe in Gefahr bringen. Ich bin das langsam Leid, hörst du?! Ein Mal noch und du…«

»Gibt es hier ein Problem?«

Creekov fuhr herum und starrte direkt in das knochige Gesicht des Marshalls, dessen weiße Haut wie ein bleicher Totenschädel aus der dunklen Nacht hervorstach. »Oh, nein«, lächelte er und stieß Shawnowitz sachte von sich weg. »Nichts als ein leichter Zank unter Kollegen, keine Sorge. Wir sollten uns besser wieder auf die Suche nach einem …«

»Licht!«, unterbrach ihn plötzlich Chowaks euphorisches Jodeln von der Spitze der Kolonne. »Männer, ich sehe Licht! Dort hinter dem Hügel sind Lichter. Das muss eine Siedlung sein!«

Obwohl sie seit dem Morgengrauen nur vom Pech verfolgt worden waren – von eisig glatten Hängen bis hin zu fragilen Eisschollen auf tiefen, schwarzen Seen – schenkte ihnen die Abenddämmerung aus irgendeinem Grund dann doch noch etwas Glück.

Nachdem sie sich etwas weiter durch den Schnee gekämpft hatten, sollte sich diese Aussage nämlich auch als richtig entpuppen. Chowak klatschte sich freudig in seine kleinen Hände, als die Umrisse der zahlreichen kleinen Holzhütten immer deutlicher wurden. Das Dorf, wie Creekov nun erkannte, war weder sonderlich groß noch sonderlich klein. Wenn er sich nicht irrte, konnte er hier um die zwanzig bis dreißig Gebäude zählen. Sie waren eng aneinandergebaut und auf wenig Raum durch einen heruntergekommen Wall aus Stein und Brettern zusammengepfercht, obwohl in der weiten Leere um sie herum eigentlich genug Platz gewesen wäre. Beinahe schon kauerte das Dorf im Schatten der gigantischen Fassade eines dichten, finsteren Waldes, welcher hinter ihm aufragte und stumm auf die Siedlung herabblickte. Und obwohl in einigen der kleinen Fenster Lichter brannten, wirkten all die Gebäude an sich, als hätte man sie schon vor Jahren verlassen und zum elendigen Verwittern zurückgelassen. Aber egal welch heruntergekommenen Eindruck dieses Dorf auch erwecken mochte, es war dennoch ein sicherer Unterschlupf vor der tödlichen Kälte, in welcher sie sich immer noch befanden.

Ohne sich also weiter Gedanken zu machen, stürzten sie jubelnd den Hang hinunter auf die kleine Häuseransammlung zu. Das Tor des aus Pfeilern und Steinbrocken bestehenden Walles war vor langer Zeit schon zusammengebrochen, vielmehr als das wunderte Creekov aber das hin und her wankende Schild über dem Eingang, auf welchem der Name *Fort Vitika* unter merkwürdigen, parallel verlaufenden Schrammen zu lesen war. Die Kratzer waren auf keinen Fall von Schneekriegern verursacht worden, ebenso wenig passten sie aber zum Profil eines Wolfes oder Bären. Bevor er sich jedoch zu lange Gedanken über dieses sonderbare Rätsel machen konnte, hatte ihn Ojibskis Hand bereits mit einem festen Schlag auf den Rücken ins Innere der dunklen Gasse befördert. Mit einer Mischung aus Freude über ihre lebensrettende Entdeckung, gleichzeitig aber auch Argwohn über die seltsame Stille dieses Ortes, ging Creekov voran und untersuchte ein Haus nach dem anderen. Einzig durch einen winzigen Schlitz über sich konnte er noch den grauen Himmel erkennen, so eng schmiegten sich die verschneiten Gebäude aneinander und ließen zwischen sich nur eine schmale Gasse. Nach einigen Schritten hielt Creekov an und musterte ein frostüberzogenes Schild.

»Sieht nach einem Wirtshaus aus, oder?«, meinte er an die anderen gerichtet. »Sollen wir…«

Keiner der drei hatte auch nur das geringste Interesse daran, sich in irgendeiner Form darüber weitere Gedanken zu machen. Eilig stürmten Shawnowitz, Chowak und Ojibski an ihm vorbei, rissen die Tür auf und stolperten Hals über Kopf in die warme Wirtschaft.

Der Schankwirt, der trübe hinter dem Tresen ein paar vergilbte Gläser abstaubte, hob beim Eintreten der fünf Gäste überrascht den kahlen Kopf an. Misstrauisch warf er den Lappen beiseite und fuhr langsam mit der Hand unter den Tresen. An den Anblick von Gästen war er in seinem Gasthaus scheinbar nicht gewöhnt.

»Guten Abend, der Herr«, verbeugte Creekov sich höflich und schüttelte den Schnee von seiner Uschanka. »Mein Name ist Cormac Creekov, ich bin Bergführer und meine werten Gefährten hier sind Herr Shawnowitz, Herr Chowak, Herr Ojibski und ...« Beim Anblick des fünften Mannes im Glied, der sich soeben mit heruntergezogenem Hut an die Wand gelehnt hatte, hielt er kurz inne. »... Herr Scharlach. Wir sind auf der Durchreise und haben uns gefragt, ob wir bei Euch nicht eine Bleibe für die Nacht finden könnten.«

Des Schankwirts Hand verweilte immer noch unter der Theke, während seine Miene sich langsam verfinsterte. »Ich habe keine Zimmer frei«, brummte er unfreundlich.

Creekov setzte eine perplexe Miene auf. Er wusste, wie er diese Antwort zu interpretieren hatte, doch würde ganz sicher keiner von ihnen freiwillig vor Sonnenaufgang wieder in die Kälte dort draußen zurückkehren. »Verzeiht mir, aber Euer Lokal sieht nicht so aus, als würdet Ihr sonderlich viele Gäste empfangen. Ich bin mir sicher, Ihr könntet noch fünf Betten für ein paar frierende Reisende entbehren.«

Die andere Hand senkte sich ebenfalls hinter den Tresen. »Die Betten hab' ich«, brummte der Schankwirt. »Aber Ihr würdet gut daran tun, nicht in ihnen zu schlafen und jetzt besser wieder zu verschwinden.«

»Ich verstehe ja Euren Argwohn«, versuchte Creekov ihn unnachgiebig zu beschwichtigen. »Ich verstehe, welch feindlichen Anblick unsere Truppe wohl auch Euch haben mag. Aber ich kann Euch versichern, guter Herr, dass wir Euch nichts anhaben wollen.

Wir sind weder Räuber noch Banditen. Nichts weiter als unschuldige Reisende, die dringend eine Bleibe für die Nacht suchen.«

Während er das sprach, trat Shawnowitz hinter seinem Rücken kaum merklich neben den stumm wartenden Ojibski und flüsterte ihm leise etwas zu.

Der Schankwirt schmunzelte bitter, seinen Blick scheinbar ausschließlich auf Creekov fokussiert. »Wir beide wissen doch, dass in einem Gebirge wie diesem Räuber und Banditen das geringste Übel sind. Vielleicht seid Ihr wirklich nur unschuldige Reisende ... vielleicht aber auch nicht.«

»Von was genau sprecht Ihr da gerade, mein Herr?«, wandte Chowak plötzlich ein und zückte gleich ein kleines Notizbuch. »Oho, Ihr meint doch nicht etwa Werwölfe? Gibt es in diesen Bergen etwa waschechte Werwölfe? Das wäre ja faszinierend! Oder etwa doch Janustri!? Oh, von denen habe ich noch keinen zu Gesicht bekommen! Nein, nein, Ihr meint sicher die eisigen Draugr, die im Winter aus ihren Gräbern zurückkehren, um den Zurückgebliebenen Angst und Schrecken einzujagen. Oder doch eher einen abscheulichen Schneema...!«

»Es reicht, Chowak!«, fiel ihm Creekov ins Wort und stellte sich dominant vor den kleinen Mann, sodass er dessen Stimme mit seinem Körper erstickte. »Ich bin ein Mann der Berge, ich kenne sie zur Genüge. Vertraut mir. Deswegen weiß ich auch, dass es in einem Gebirge nicht Werwölfe, Draugr, Perchten oder sonst was sind, vor denen man sich fürchten sollte. Denn den wahren abscheulichen Tod – still, langsam und schmerzvoll – bringt einzig der Atem des Winters selbst. So einer wie dieser, der gerade dort draußen auf uns lauert. Ich bitte Euch also, guter Herr – von einem sterblichen Schneekrieger aus Fleisch und Blut zum anderen – gebt uns ein Bett.«

In all den vielen Jahre hatte Creekov oft genug mit Leuten aus den Bergen zu tun gehabt. Diese Einsiedler lebten in ihren eigenen kleinen Welten, mit ganz individuellen Normen, Gebräuchen und Ansichten. Wenn man mit ihnen in Kontakt trat, durfte man nicht wie mit den Leuten aus dem Tal sprechen, denn das war, als würde man einem Taubstummen etwas mit Worten zu verstehen geben. Nein, man musste ihre Normen respektieren, ihre Gebräuche befolgen, ihre Ansichten widerspiegeln und auch ihre Sprache sprechen. In diesem Fall schien seine Methodik auch zu wirken, denn langsam kamen die Arme des Schankwirtes wieder unter dem Tresen hervor. Bevor jedoch irgendwer auch nur seine Handgelenke zu Gesicht bekam, ertönte plötzlich ein lautes »Oh nein, nicht hier!« und ehe sich Creekov versehen konnte, stürmte Ojibski auf einmal mit geballten Fäusten auf den Schankwirt zu. Creekov wollte sofort eingreifen, nach wenigen Sekunden schon erstarrten Ojibskis Füße jedoch schlagartig auf den knarzenden Dielen, da der Lauf einer langen Flinte direkt auf sein Gesicht zielte.

»Wusste ich es doch!«, knurrte der Schankwirt selbstgefällig und hielt das Visier etwas näher an sein Auge heran.

»Was zur Hölle sollte das werden?!«, schrie Creekov auf und wollte sich gleich dazwischen stellen.

»Er wollte dich umbringen!«, brüllte Ojibski zurück. »Shawnowitz hat mir gesagt, dass …«

»Warum zum Acaar sollte er mich umbringen wollen?! Wir waren doch gerade endlich …«

»Schnauze, sofort, ihr beide!« Zitternd zuckte der Schankwirt mit seiner Flinte zwischen Ojibski und Creekov hin und her, sodass beide erstarrten. »Ich möchte keinen Mucks mehr hören und nicht auch nur die kleinste Bewegung sehen. Ich weiß genau, was ihr seid und was ihr hier wollt. Aber so leicht lasse ich mich nicht täuschen.«

Es herrschte Totenstille. Keiner der Anwesenden gab auch nur das Geräusch eines Schluckens von sich, noch wagten sie es, mehr als ihre Augäpfel zu bewegen. Dann jedoch ertönte ein leises Zischen aus einer abgelegenen Ecke und ein leichter Nebel umhüllte den kleinen Raum. Alle wandten sich sofort auf den Ursprung des Geräusches und erkannten, wie der Marshall die Flamme seines Streichholzes in seiner Handfläche erlosch und sich dann, eine glühende Zigarre zwischen den Zähnen, von der Hauswand abstieß. Mit einem lauten Scheppern und den Händen in den Taschen seines dunkelroten Mantels, schlenderte er Stück für Stück durch die Schenke, bis er direkt vor dem Lauf der Flinte zum Stehen kam und sich dem zu ihm aufblinkenden Schankwirt zuwandte.

In Begleitung einer langen, dicken Rauschschwade nahm er die Zigarre aus seinem Mund und ließ die glühende Stange durch seine kargen Finger wandern. Nach einigen weiteren stillen Sekunden hob er den Blick an und sprach mit tiefer, blecherner Stimme: »Diese Männer hier arbeiten für mich. Ich bezahle sie dafür, mich durch das Gebirge zu führen. Wer ihnen schadet, schadet dadurch meinen Interessen. Und ich kann dir versprechen, Schankwirt, wer meinen Interesse schadet, braucht sich vor Werwölfen, Draugr und Perchten kein bisschen mehr zu fürchten.«

Der Schankwirt schwieg wie erstarrt. Dann hob er die Flinte langsam an und platzierte sie sorgsam wieder unter seinem Tresen. »Also gut«, murmelte er düster. »Ihr seid Herren Eures eigenen Schicksals ... Willkommen in Fort Vitika – Isaaca!« Auf ein rasches Schnipsen des Schankwirts hin kroch ein junges Mädchen hinter ein paar Fässern hervor und musterte ängstlich die fremden Männer. »Bring diesen Herren was zum Trinken und zum Essen. Aber flott!«

Der Schankwirt wies Creekov und der Truppe mit finsterer Miene einen kleinen Tisch mit wackeligen Stühlen zu, an welchem die vier erleichtert Platz nahmen. Der Marshall jedoch wandte sich gleich ohne ein weiteres Wort von ihnen ab und stapfte scheppernden Schrittes die morsche Treppe hinauf zu den Schlafzimmern.

Gleich darauf kam dann auch schon das junge Mädchen mit einem zitternden Tablett in ihren Händen angelaufen und stellte mit schnellen und tollpatschigen Bewegungen ein paar Bierkrüge auf die Tischplatte.

»Von was hat dein Vater da vorhin gesprochen?«, flüsterte Creekov und griff das Mädchen sachte am Handgelenk, bevor sie sich aus dem Staub machen konnte. »Was genau ist das hier für ein Dorf?«

Das junge Mädchen wandte nervös den Blick ab. »Nichts, mein Herr ... Nichts.« Eilig entriss sie sich Creekovs lockerem Griff und stolperte zurück in die Küche.

Shawnowitz gluckste zufrieden, während er sein schmales Gesicht gierig im Bierkrug ertrank. »Der Aberglaube der Bergleute! Der

Schankwirt kann fürchten, was er will, ein leckeres Bier und ein warmer Schlafplatz ist mir jetzt tausendmal lieber als diese scheiß Kälte da draußen.« Mit einem lauten Schmatzen knallte er den Krug zurück auf die Tischplatte und musterte dann Creekov mit schiefem Grinsen. »Obwohl es so wirkt, als ob unser eigener geschätzter Anführer in seiner Natur langsam ebenfalls dem Aberglauben der Einsiedler verfällt. Habt ihr gesehen, Männer, wie er immer gleich zusammenzuckt, wenn dieser Scharlachrote Madenfresser ihm zu nahe kommt? Wie ein kleines Kind, das gerade von seinen Eltern erwischt wurde. Sag mir, Cormac, warum nur fürchtet ein Mann wie du sich nur vor so einer Schießbudenfigur?«

Creekov schlug einmal so laut mit der Faust auf die Tischplatte, dass er Shawnowitz' letzte Worte damit beinahe übertönte. »Sprich gefälligst nicht so laut, du verdammter Narr!«, fauchte er ihn flüsternd an. Er schüttelte den Kopf, lehnte sich weit nach vorne und flüsterte so leise, dass die drei Männer an dem Tisch ihn kaum verstehen konnten: »Du fragst, warum ich mich jedes Mal fühle, als würde ein hungriger Wolf mich anstarren, wenn ich mich in seiner Gegenwart befinde? Ich kann es dir gerne erklären. Chowak hier hat mit Feder und Papier all die schmierigen Angelegenheiten des Dyxtrak-Kartells überwacht und sie sich dann auch noch zum Feind gemacht. Ojibski auf der anderen Seite hat für den schmutzigen Profit der Alchemisten-Gilde einige aufgeblasene Adlige zu Brei geschlagen, die nur zu gerne ihre Ehre wiederherstellen würden. Und du, Shawnowitz, hast es dir mit deiner Flunkerei bei eindeutig zu vielen mächtigen Männern verscherzt. Ihr alle drei seid Kriminelle und die Marshalls sind die gefährlichsten Verbrecherjäger des gesamten Kontinents. Dann plötzlich taucht der wohl gefährlichste von ihnen auf unserer Türschwelle auf und möchte auf die andere Seite des Gebirges zurück in sein Jagdrevier gebracht werden. Was hatte er im Westen zu suchen? Was ist dieser Auftrag im Osten, von dem er gesprochen hat? Und wer, Shawnowitz, kann sagen, dass er nicht hinter euch dreien her ist?«

Shawnowitz gluckste einmal, verschränkte seine Arme, lehnte sich ebenfalls vor und sagte dann natürlich, selbstsicher wie er war, in normaler Lautstärke:»Die Antwort lässt sich in deinen eigenen Worten finden, Cormac. Die Marshalls sind die gefährlichsten Jäger, also jagen sie auch nur die gefährlichste Beute. Mit unseren Vergehen waren wir drei allerhöchstens Kleinkriminelle. Niemals würde ein Marshall, erst recht nicht dieser Scharlachrote hier, seine kostbare Zeit mit drei Niemanden wie uns vergeuden. Wir wären es schlichtweg nicht wert.« Schwungvoll nahm er seinen Krug in die Hand und hob ihn hoch in die Luft.»Da unser lieber Anführer hier die Lautstärke einer Maus nicht übertönen möchte, muss ich mich wohl darauf verlassen, dass zumindest die anderen beiden Herren an dieser Tafel mehr von Vernunft halten. Also, Prost alle miteinander!«

Die anderen zwei stimmten lachend mit ihm ein und grölend stießen sie miteinander an. Creekov sah ihnen dabei zu und biss sich in Gedanken versunken auf seine Lippe. Sein eigentlicher Blick zuckte jedoch immer wieder auf den Schankwirt und seine Tochter, welche die Truppe mit einer Mischung aus Argwohn und Mitleid anstarrten. Doch auch ihm war jedes Übel lieber als der schreckliche Winter dort draußen vor der Tür ...

Der Hahn krähte dreimal und das sonderbare Licht einer blutroten Sonne kroch langsam in Creekovs kleines Zimmer.

Müde rieb er sich seine sandigen Augen. Eigentlich hatte er am Abend zuvor geglaubt, der Schlaf in einem richtigen Bett würde ihm zur Abwechslung gut tun, doch es war genau das Gegenteil eingetroffen. Sein Nacken sowie sein Kopf schmerzten schrecklich und aus seiner Magengegend ertönte ein dumpfes Grummeln. Sehnsüchtig kamen Gedanken über ein schmackhaftes Frühstück in seinem Geist auf und das hungrige Flehen seines Bauches ermutigte ihn schließlich dazu, sein Bett zu verlassen.

Eilig zurrte er den Harnisch an seinem rundlichen Bauch fest, warf sich unsauber den Pelzmantel über die Schultern und stapfte gähnend die Treppe hinunter. Die Schänke war jedoch leer, während einzig ein trübes Licht durch die milchigen Fenster hindurch die zahlreichen Staubkörner der morschen Dielen erleuchtete. Als er das Gasthaus verließ, trat er in einen düsteren Nebelschleier, der sich bedrückend über die wankenden Häuser gelegt hatte. Doch auch das Dorf wirkte vollkommen verlassen. Keine Sterbensseele wanderte auf der Straße umher oder ging irgendwo ihrer Arbeit nach. Sogar das Licht der Sonne war gedimmt, da eine dicke Schwade dunkler Wolken den Himmel überzog. Ein trister, unguter Morgen.

Dann erkannte er jedoch, wohin jeder eilig gerannt war. Am Rand des Dorfes, nach einem eingestürzten Teil des Walles, direkt wo die dicken Bäume eines tiefen Waldes begannen, hatte sich eine Traube an Dorfbewohner um etwas versammelt, auf das Creekov leider keinen Blick erhaschen konnte. Die Bewohner tuschelten aufgewühlt und fieberhaft miteinander, schwiegen jedoch prompt, als einer von ihnen den auf sie zu stapfenden Fremdling erblickte und den Rest seiner Nachbarn flüsternd darauf aufmerksam machte. Die Dorfbewohner starrten ihn für einen Moment abwertend an, dann teilte sich die Traube plötzlich und gab den Blick auf das Ereignis zwischen ihnen frei.

Der Schankwirt war auf die Knie gefallen, das Gesicht tief in den Händen vergraben, und schluchzte lautstark. »Oh, warum muss mir so ein Unheil widerfahren?«, klagte er. »Warum nur? Was für eine Sünde habe ich nur begangen, dass ich so ein Leid ertragen muss? Sie war doch mein Ein und Alles!«

Vor ihm, in einer dunkelrot getränkten Schneemasse, lag ein starrer Körper. Der zerfetzte und von Kratzspuren überzogene Torso war vom ebenso entstellten Unterleib gewaltsam getrennt worden und einzig ein Stück des Darmes verband die beiden Körperhälften noch miteinander. Überall am Rest des Körpers fehlten große, blutübergossene Stücke an Fleisch, die man augenscheinlich herausgerissen hatte. Als Creekov über den Hals der Leiche blickte, erkannte er in dem leeren Gesicht des Opfers voller Schrecken die Tochter des Schankwirts, die ihnen gestern Abend noch ihr Essen serviert hatte.

»Was zum frostigen Acaar ist denn hier passiert?«, schluckte Shawnowitz fassungslos, als er, Chowak und Ojibski ebenfalls am Ort des Geschehens angekommen waren.

Eine Dorfbewohnerin begann zu schluchzen, eine andere nahm sie in die Arme, der Rest von ihnen verschwand allmählich.

»Ich weiß es nicht«, gab Creekov bestürzt von sich. »Ich habe schon die ein oder andere Leiche erblicken müssen, aber niemals …« Er stockte. »Niemals habe ich so etwas erlebt.«

Mit einem Mal fiel sein Blick auf die Front des Waldes, die sich nach einer kleinen Wiese wie eine sture Mauer über den gesamten Horizont zu erstrecken schien, bis dahinter irgendwann die blassen, verschneiten Bergspitzen aufragten. Er stierte vorsichtig auf die Fassade der hohen Fichten, deren Nadeln verdrießlich umherraschelten.

Chowak seufzte, zog seine Ärmel etwas hoch, ging in die Hocke und analysierte angeekelt das Massaker vor sich. »Also, ich habe ja während meines Studiums zahlreiche und auf wirklich verschiedenste Weisen umgekommene Körper seziert«, murmelte er. »Aber das hier, meine Herren, das ist etwas gänzlich anderes. Schaut es euch nur einmal an. Wer oder was auch immer dieses Massaker veranstaltet hat, hat die eine Hand hier in den Oberkörper gekrallt, mit der anderen ein Bein gepackt und dann mit bloßer Manneskraft den Körper einfach auseinandergerissen.« Er demonstrierte die Tat mit seinen eigenen Händen. »Wer zum Acaar verfügt bitte über solch eine Stärke? Dergleichen würde ja nicht einmal ein ausgewachsener Oger bewerkstelligen können! Kann sich jemand von euch da irgendetwas vorstellen?«

Creekov schüttelte gleich den Kopf. Shawnowitz kratzte sich nur am Kopf und Ojibski verschränkte seine Arme.

»Mmh«, analysierte Chowak weiter neugierig den Leichnam. »Oder schauen wir uns doch das hier einmal an.« Er deutete auf die zerfetzten Schultern des Mädchens. »Die wurden regelrecht zerkratzt … nein, nicht einmal nur regelrecht, sondern buchstäblich. Wie von einem wildgewordenen Bären. Und seht her, selbst das Schulterblatt ist angekratzt, so tief wurden sie durchschnitten. Das ist doch fernab jedweder Normalität!« Er ließ sein prüfendes Augenlicht etwas weiter umhersuchen. »Bei allem, was gut ist, das ist ja nun wirklich das Widerlichste von allem!« Nachdem er etwas weiter herangekrochen war, zeigte er auf die Hüfte des Mädchens – oder zumindest auf das, was davon noch übrig war. »Seht ihr das? Das Fleisch hier wurde weder herausgeschnitten noch herausgerissen, sondern vielmehr herausgebissen! Mit den Zähnen. Nun gut, meine Herren, an dieser Stelle befindet sich mein Wissen in einer Sackgasse. Ich habe keinen blassen Schimmer, wer oder was so ein Massaker hätte anrichten können. Es passt einfach nicht zum Profil eines gewöhnlichen Schneekriegers oder Ogers noch lassen sich irgendwelche Indizien für einen Wolf oder Bären finden. Mit was haben wir es hier also zu tun?«

»Ich kann es mir auch nicht erklären«, murmelte Creekov abwesend. Doch sein Blick lag weiter starr auf der finsteren Baumfront des Waldes vor ihm, der jedes bisschen Licht verschluckte, das es wagte, sich dem unergründbaren Dickicht zu nähern.

Mit der Zeit waren alle Dorfbewohner schulterzuckend an ihre Arbeit zurückgekehrt und hatten den zu faulen beginnenden Leichnam hinter sich gelassen.

»Dann müssen wir es herausfinden!«, erklärte Chowak entschlossen und erhob sich mit geballter Faust.

Creekov verneinte dies geradewegs. »Auf keinen Fall. Wir sind Bergführer, keine Mordkommissare. Verstanden? Mir gefällt das hier nicht. Und außerdem haben wir einen Auftrag, einen Mann so schnell wie möglich auf die andere Seite des Gebirges zu bringen, und das sollte auch unsere einzige Priorität sein.«

»Aber wir vier sind doch mehr als nur herzlose Söldner!«, protestierte Chowak entrüstet und richtete seinen Blick nicht nur auf Creekov, sondern auch auf die anderen beiden »Cormac, der Schankwirt hat uns heute Nacht beherbergt, wir stehen also in der Pflicht, den Mord seiner Tochter aufzuklären und den Täter zur Rechenschaft zu ziehen.«

Creekov schnaubte blasiert. »Das ist eine absolut stupide Kausalkette«, bemerkte er. »Außerdem habe ich dir schon zu verstehen gegeben, dass das unter keinen Umständen infrage kommt. Du hast gesehen, wie extrem der Schneesturm gestern war, und er wird nicht der letzte gewesen sein. Wir müssen schleunigst zurück ins Tal, bevor sich das Wetter noch weiter verschlimmert.«

»Er hat Recht«, meinte Shawnowitz und schlenderte, die Hände in den Taschen, einmal um den Leichnam herum. »Ein Mädchen wurde in den Bergen von einem Rudel Wölfe oder einem wildgewordenen Bären zerfleischt. Na und? Das ist der Lauf der Natur, so etwas passiert doch alle Tage. Dieses Wetter hier macht mich wahnsinnig, ich möchte mich so schnell wie möglich wieder auf den Weg begeben und zurück ins Tal kommen, ohne Jagd auf ein irgendein gewöhnliches Raubtier zu machen. Diese Gegend wird mich noch umbringen.«

Chowak verzog perplex das Gesicht. »Hast du vollkommen den Verstand verloren? Irgendein gewöhnliches Raubtier?! Hast du schon einmal gesehen, wie ein Bär oder ein Wolf einen Körper entzwei gerissen und dann auch noch derart verunstaltet haben? Nein, denn das ist gar nicht möglich! Was auch immer hier vor sich geht, diesen Tod hat kein gewöhnliches Tier zu verantworten. Erinnert ihr euch noch, wie ängstlich der Schankwirt gestern Abend uns gegenüber war? Hier muss mehr dahinter stecken!«

»In deiner Fantasie steckt mehr dahinter.« Shawnowitz lachte böse und wippte sich belustigt hin und her. »Das ist ein abgeschottetes Bergdorf, natürlich sind die Leute hier Fremden gegenüber misstrauisch. Wenn es kein Wolf war, dann war es halt einer der Bewohner hier. Du weißt, wie die Luft hier oben den Geist verpesten und zu unschönen Dingen anspornen kann. Und außerdem, was haben uns die Geschäfte irgendeines mickrigen Bergdorfes abzugehen? Du steckst deine Nase schon wieder zu tief in Dinge, die dich nichts angehen sollten! Das, mein lieber Chowak, ist immer deine größte Schwäche.«

»Und deine wiederum ist deine unvergleichbare Arroganz und Ignoranz, Shawnowitz! Ein Kind wurde hier ermordet!«

»Ach, tu doch nicht so scheinheilig, verdammt nochmal«, brummte Ojibski und spuckte aus. »Dieses Blödsinn haben wir jetzt schon oft genug mit dir durchgemacht. Jeder von uns weiß doch, dass es dir hier nicht um irgendein schmutziges Ehrwertgefühl geht, weil davon hast du keines. Dir geht es einfach nur um die Befriedigung deiner immerzu schnüffelnden Neugierde. Du willst nicht für Gerechtigkeit sorgen, sondern einfach nur dieses komplexe Rätsel lösen, damit du dich selbst wieder als intellektuell ansehen kannst. Dieses Mädchen da geht dir so am Allerwertesten vorbei wie all die toten Körper, die du an der Universität seziert hast.«

Chowak drehte sich augenblicklich von der Truppe weg, verschränkte seine Arme und starrte dem Dorfwall entgegen.

Nach einer Weile seufzte Creekov und legte seine Hand auf die Schulter seines Kameraden. »Nimm es nicht persönlich, Chowak. Mir tut der Schankwirt wirklich schrecklich Leid, aber ausnahmsweise muss ich Shawnowitz Recht geben. Wir haben eine Arbeit zu erledigen. Wenn wir jetzt nicht aufbrechen, könnte der Winter uns den Weg zurück ins Tal womöglich noch unmöglich machen. Und dann müssten wir bis zum Frühling in diesem Dorf aussitzen.«

»Was ist hier geschehen?«

Wie aus dem Schlaf gerissen zuckte ein jeder von ihnen auf einmal zusammen und fuhr blitzschnell herum. Der Marshall stand, das Haupt gesenkt und die Hände in seinem dunkelroten Mantel vergraben, reglos im tiefen Schnee hinter ihnen. Langsam und mit einem Knacken seiner Nackenwirbel hob er den Kopf an, legte ihn schräg und musterte jeden der vier mit starrem Blick.

Creekov schluckte einmal, dass sein Adamsapfel sich regelrecht in seinen Kiefer drückte. »Dieses Mädchen hier wurde letzte Nacht ermordet. Niemand kann aber sagen ... wer oder was der Mörder hätte sein können.«

Der Marshall trat ein paar synchron verlaufende Schritte nach vorne und blickte stumm auf den Leichnam hinab. Und voller Überraschung glaubte Creekov plötzlich, irgendwo in seinen Augen zum allerersten Mal einen Funken von Emotionen wahrzunehmen. Ganz klar konnte er es nicht zuordnen, doch tief in diesen finsteren Pupillen lag etwas, was den Marshall aus seiner sonst so kalten Fassung zu reißen und ihn in den Tiefen seines Herzens zu erschüttern schien.

Bevor Creekov aber mehr erkennen konnte, drehte sich der Marshall auf einmal wehenden Mantels von ihnen weg, murmelte ein düsteres:»Wir brechen auf, sobald die Sonne ihren Zenit erreicht hat.« und wanderte dann schnurstracks davon.

Die vier Bergführer starrten sich alle irritiert an. Wie Creekov nun bemerkte, war ihnen allen wohl auch dieser befremdliche Ausdruck im Gesicht des Marshalls aufgefallen. Doch genauso wenig wie er konnten die anderen sagen, was genau er zu bedeuten hatte. In ihren aller Köpfe lag nur eine Frage: Was war mit diesem Mädchen, dass es selbst den Scharlachroten Marshall derart aus der Fassung reißen konnte?

Nachdem etwas Zeit verstrichen war, war es letztendlich Creekov, der die Stille durchbrach:»Ihr habt ihn gehört, Männer«, murmelte er und warf einen letzten besorgten Blick auf den verstümmelten Leichnam.»Wir brechen am Mittag auf. Packt eure Sachen. Ohne weitere Verzögerungen.«

Shawnowitz lachte böse und lallte etwas.»Mit deinen Büchern im Gepäck werden wir alle auf dem Weg verrecken.«

»Ach ja, aber eine Flasche Wodka wird uns vor dem Kältetod bewahren, oder wie?«, schnappte Chowak beleidigt zurück.»Wie kann es eigentlich bitte sein, dass du schon wieder betrunken bist?!«

»Beides ist sinnlos«, wandte Ojibski brummend ein und warf ein Messer in die Höhe, nur um es dann wieder aus der Luft abzufangen. »Aber Waffen können wir nie genug zur Verteidigung haben.«

»Würdet ihr wohl endlich aufhören!?« Creekov schlug mit voller Wucht auf eine Tischplatte, sodass diese beinahe schon umkippte. Sofort verstummten die drei Streitsüchtigen und starrten unschuldig ihren Anführer an.

Seit gut einer Stunde hatten sie sich nun schon ans Packen gemacht, von der ersten Sekunde an hatten die drei sich aber bereits nicht darauf einigen können, was genau sie nun aus dem Dorf mitnehmen sollten. Shawnowitz hatte aus dem Alkoholvorrat des Schankwirts ein paar edle Tropfen stibitzt, Chowak hatte in seinem Nachkästchen ein paar vergessene Bücher über die Flora und Fauna der Bergwelt entdeckt, und Ojibski hatte ein paar schöne neue Messer zum Herumspielen gefunden. Und nun wollte jeder von ihnen möglichst viel seines ergatterten Schatzes auf die Weiterreise mitnehmen, was aber wiederum bedeutete, dass man die Funde der anderen zurücklassen müsste.

»Was soll das Ganze?«, fragte Creekov bitter. »Wir sind doch alle Brüder, wir sollten uns nicht derart streiten! Wir befinden uns jetzt mitten im Gebirge, etwas noch und schon wird es wieder bergab und damit zurück in die Wärme gehen. Wenn wir noch ein wenig zusammenhalten und aufeinander Acht geben, dann wird diese ganze Misere und Plagerei schon bald hinter uns liegen. Wir sollten hier nur mitnehmen, was uns allen die Reise durch dieses undankbare Land erleichtert, stattdessen denkt aber ein jeder von euch wieder nur an seinen eigenen Vorteil. Reißt euch also endlich zusammen und hört auf, nur an euch selbst zu denken! Wir brauchen weder Bücher noch Alkohol noch irgendwelche zusätzlichen Messer, sondern Vorräte und Ausrüstung. Ich möchte keine weiteren Streitigkeiten hören! Verstanden?!«

Er nickte einmal und stapfte dann aus dem Raum, kam dabei aber nicht darum herum, die morsche Tür hinter sich mit voller Wucht in ihre Angeln zu donnern, sodass es das ganze Haus zum wackeln brachte. Schnaubend marschierte er draußen einmal um das Gasthaus herum, hielt plötzlich an, lehnte sich mit der einen Hand gegen die Hauswand und vergrub das Gesicht in der anderen. In dieser Position verweilte gefühlt einige Minuten, während der Schnee vom Himmel herabtänzelte und auf sein bedecktes Gesicht fiel, wo er langsam zu schmelzen begann und in Tropfen seine Wange hinabbrann.

»He, Talmann!«, ertönte es plötzlich zu deiner Rechten.

Cormac Creekov schnaubte ein letztes Mal aus den Tiefen seiner Lunge und versuchte dabei, jedes bisschen an Emotion aus seinem Körper zu verbannen. Als er das Gefühl hatte, dass er sich zur Genüge davon befreit hatte, fuhr er sich schnell mit dem Ärmel übers Gesicht und richtete sich stramm auf, um die alte Dame zu konfrontieren, die sich auf einem zitternden Stock an ihn herangeschlichen hatte.

»Was wollt Ihr von mir?«, knurrte er harsch und streckte seinen dicken Bart hervor.

Die alte Dame zog sich mit ihrem Stock etwas näher an ihn heran, bis sie direkt vor ihm stand, und hob ihr fast kahles Haupt an. »Ihr Talmänner seid schon so ein seltsames Volk.« Sie legte ihren Kopf schräg und Creekov blickte ihr direkt in ihre Augen, die jedoch einen seltsam milchigen Ton besaßen. »Aber ich habe immer ein Herz für euch Grünlinge gehabt. Ihr lebt dort unten in eurer Welt von Blüte und Fülle, aber die Berge beherbergen Dinge, die ihr niemals begreifen könntet. Deswegen möchte ich dir im Namen des gesamten Dorfes einen wohl gemeinten Ratschlag geben.« Sie streckte ihren rostigen Nacken aus, bis Creekov ihren kalten Atem in seinem Gesicht spüren konnte. »Verlass diesen Ort. Kehr zurück in dein Tal und wag es nie wieder, einen Fuß in diese fremde Welt zu setzen. Der Schankwirt hat es selbst beschworen und nicht anders verdient. Du musst nicht das gleiche Schicksal erleiden wie er, solange du dich vernünftig verhaltest.«

»Selbst beschworen?«, fragte Creekov sofort hellhörig und ließ seine Lippen unter seinem Bart verschwinden. »Wie meint Ihr das?«

Die alte Dame schnaubte spottend und versetzte sich Stück für Stück zurück in ihre krumme Stellung, den Kopf zum Boden geneigt. »Oh, Talmann, oh, Talmann. Du kennst die Berge wirklich nicht. Wir hier sind ein Volk, das den Großteil des Jahres nur mit Zusammenhalt überdauern kann. Der Schankwirt aber ist ein selbstsüchtiger Hundesohn, der von Nächstenliebe nicht die Bohne versteht. Führt das einzige Wirtshaus in diesem Dorf und hortet das ganze Jahr über die ganzen Vorräte wie ein gieriger Kobold, in der irrsinnigen Hoffnung, irgendwer würde irgendwann einmal sein lausiges Gasthaus besuchen. Ein Gasthaus … an einem Ort wie diesem. Die Fremden, die pro Jahr zufällig auf unser Dorf treffen, kann man in der Regel an einer Hand abzählen. Aber der Schankwirt war stets der festen Auffassung, er müsse all die Vorräte aufbewahren, für den Fall, dass nicht doch noch irgendwer angelaufen kommt. Selbst wenn die Kinder im Winter hungern, diesem Gierschlund ist sein eingebildetes Geschäft wichtiger als seine hungernden Mitbürger.«

Creekov verschränkte die Arme. »Aber was genau hat er damit in Euren Augen beschworen?«

Plötzlich funkelte die alte Dame ihn böse an. »Das hat dich Fremdling überhaupt nichts anzugehen! Vertrau mir, vor dir liegt ein besseres Leben, wenn du diesen Ort einfach vergisst und nie wieder einen Gedanken an ihn verschwendest. Ich werde mich nochmal wiederholen. Verschwinde! So schnell du kannst ...« Mit diesen Worten wandte die alte Dame sich schnaubend von ihm ab und schleifte sich zurück auf die Hauptstraße.

Für eine Weile blickte Creekov ihr noch nach und selbst als sie schließlich um die Ecke gebogen war, blieb sein Blick noch ziellos in der Luft hängen. In Gedanken versunken steckte er eine Hand in die Tiefen seines Mantels, bis sie einen kalten, harten Gegenstand umklammert hatte. Er seufzte einmal schwer, zog die schimmernde Schatulle daraus hervor und öffnete sie quietschend. Sofort sprang ihn ein wunderbar süßlicher Geruch entgegen und ohne weiter nachzudenken, klaubte er gleich eine der drei roten Stangen heraus und steckte sie sich zwischen die Zähne. Ein gereiztes Zischen eines Streichholzes später erfüllte auch schon eine zauberhafte Wärme seinen gesamten Körper und reinigte seinen Geist von allen düsteren Gedanken.

Doch während sein Kopf sich allmählich wieder lichtete, krochen langsam immer mehr dunkle Wolken über das Antlitz des Himmels über ihm. Als Creekov schließlich zu ihnen hinaufblickte, verließ sogleich jedes bisschen Wärme wieder seinen Körper, als hätte man ihn in einen Tümpel eiskalten Wassers gestoßen. Denn er wusste leider genau, was dies schon wieder zu bedeuten hatte.

Eilig legte er die Zigarre wieder in ihre Schatulle und preschte zurück in Richtung des Gasthauses. Kurz vor der Tür hielt er jedoch noch einmal inne und musterte die enge Gasse, die geradewegs bis zum eingefallenen Wall führte, hinter dem ihm stumm der finstere Wald entgegenblickte. Denn tief im Schnee war vor ihm eine Spur zu erkennen, die sich irgendwann im Nichts verlief.

Doch nach nur ein paar Sekunden wandte er gleich wieder den Blick ab und stapfte geradewegs ins Gasthaus, sodass die Tür erneut lautstark gegen die Wand krachte. Erschrocken blickten ihn gleich Chowak und Ojibski an, von denen der eine an der Bar saß und ein vergilbtes Buch studierte, während der andere auf der Treppe immer wieder ein Messer in die Luft schnellen ließ. Erst später fiel ihm auf, dass der Marshall ebenfalls wortlos auf einem Stuhl in einer Ecke saß und eine Münze durch seine Finger wandern ließ, immer wieder abwechselnd die Kopf und Zahl Seiten begutachtend.

»Wir können nicht aufbrechen«, kündigte Creekov entschlossen an, während seine Brust sich rapide senkte und anhob. »Ein weiterer Schneesturm zieht auf. In kürzester Zeit wird es hier so zugehen wie gestern.«

»Habe ich mich nicht klar ausgedrückt?« Die Münze zwischen den ledernen Fingern hielt abrupt an, jedoch genau so, dass sie auf keiner klaren Seite lag, und der Marshall heftete seinen Blick erbarmungslos auf den zitternden Bergführer. »Wir brechen heute noch auf.«

»Nein, jetzt lasst mich Euch einmal etwas klar ausdrücken, Herr Marshall!«, donnerte Creekov und stürmte mit ausgestrecktem Finger auf den Marshall zu. »Wenn wir jetzt aufbrechen, stecken wir in mindestens einer Stunde in einem Schneesturm fest, der uns vielleicht sogar den gestrigen vermissen lassen könnte. Wir hatten wirklich sagenhaftes Glück, auf dieses Dorf gestoßen zu sein, aber kein Gott wird uns das ein zweites Mal vergönnen. Wer jetzt dort hinaus geht, wird binnen kürzester Zeit sein elendiges Ende finden. Ich werde kein einziges Leben meiner Männer für Euch aufs Spiel setzen! Verstanden? Deswegen werden wir auch hier bleiben, bis sich die Sturmfront wieder gelegt hat. Männer, macht euch auf ein paar Tage hier ge…« Er stockte und ließ seinen Blick einmal über den Raum wandern. Den Marshall im Schatten seiner Ecke, Ojibski mit dem Jagdmesser auf der Treppe und Chowak auf dem Schemel an der Bar. »Moment einmal … Wo ist Shawnowitz?«

Chowak wandte ebenfalls den Blick, zuckte aber unwissend mit den Schultern. »Gute Frage. Ich habe den alten Trunkenbold zuletzt gesehen, als er dir nach draußen nachgestürmt ist.«

»Ich dachte, er würde nur kurz nach den Taschen auf dem Pferd sehen«, wandte Ojibski ein und fing sein Messer aus der Luft ab.

Creekov schüttelte entgeistert den Kopf. »Nein, nein. Wäre er rausgegangen, hätte ich ihn ja gesehen. Ihr könnt mir doch nicht sagen, dass er einfach verschwunden ist! Wo ist er hingegangen?« Er fuhr herum und blickte durch das Fenster nach draußen, wo dicke Wolken Stück für Stück das Licht in sich verschluckten und ein Schwadron an dichten weißen Flocken langsam alles in ein undurchsichtbares Chaos verwandelte. »Wo ist Shawnowitz!?!?«

Kapitel 3

»Es sind Tage vergangen.« Ojibski näherte sich vorsichtig seinem Anführer und legte seine schwere Hand auf dessen Schulter. »Er ist nicht zurückkehrt. Er wird auch nicht mehr zurückkehren.«

Die kümmerliche Flamme auf dem Wachshaufen vor ihnen tänzelte unruhig umher, während von draußen der umherpreschende Schnee immer wieder gegen die Fenster der kleinen Schänke donnerte. Creekov wandte wortlos den Kopf ab.

Chowak und Ojibski musterten sich ratlos. Dies war nicht das erste Mal gewesen, dass sie diese Konversation geführt hatten, und sie waren sich auch vorneweg sicher gewesen, dass es nicht das letzte Mal sein würde. Aber dennoch mussten sie es erneut versuchen.

»Wir müssen der Wahrheit ins Auge blicken«, schaltete Chowak sich schließlich ein. »Shawnowitz ist fort. Seit Tagen findet das Wüten des Schneesturmes kein Ende und wer so viele Tage dort draußen allein verbringt, kann erst bei Tauwetter wieder gefunden werden. Oder wir akzeptieren die weitaus wahrscheinlichere Option, dass Shawnowitz bereits irgendwo in einer Bar im Tal sitzt und sich darüber freut, endlich von uns losgekommen zu sein.«

Creekov knurrte durch seinen Bart hindurch in Chowaks Richtung, sprach jedoch kein Wort und ließ auch seinen starren Blick nicht von der finsteren Fensterscheibe ab.

»Pah.« Ojibski schnaubte und verschränkte seine Arme. »Tu doch nicht so, Creekov. Wäre nicht das erste Mal gewesen, dass er uns im Stich gelassen hat, weil ihm die Lage zu brenzlig wurde. Wir alle kennen Shawnowitz. Sieh es doch endlich ein, wir sollten uns jetzt sofort wieder auf den Rückweg ins Tal machen, anstatt hier auf eine Rückkehr zu warten, die schon längst im Schnee versunken ist. Genug ist genug.«

Creekov öffnete seinen Mund, doch letztendlich kamen daraus keinerlei Worte hervor. Erneut wandte er seinen Kopf ab, sodass wieder einzig das Poltern des Windes den kleinen Raum erfüllte, welches durch alle Balken und Bretter des Hauses drang.

Schließlich war es erneut Chowak, der es wagte, die Stille zu durchbrechen. Im Lichte der Kerze war in seinem spitzen Gesicht jedoch nur ein Ausdruck zu erkennen. »Und was ist …«, begann er vorsichtig und rieb sich dabei seinen Handrücken, »wenn du Recht hattest, Creekov? Mit dem, was du am Abend unserer Ankunft gesagt hast. Wenn wir uns hier auf eine Mission begeben haben … die bewusst mit unserem Tod enden soll?« Seine quickende Stimme senkte sich. »Wenn wir hier gerade nicht einfach einen Mann über das Gebirge führen, sondern unseren persönlichen Henker in unsere Mitte gelassen haben?«

Alle drei Blicke richteten sich simultan auf die schräge Treppe, welche am Rand der Schänke zu den Schlafzimmern hinaufführte, wo, wie sie alle wussten, in einem der Räume gerade ein hochgewachsener Mann stumm auf einem Schemel saß und seine Messer polierte. Seit Tagen hatte ihn keiner von ihnen je länger als ein paar Augenblicke zu Gesicht bekommen. Chowak schluckte, Ojibski verkrümmte seine Lippen und Creekov rieb sich die gerunzelte Stirn.

Seine Stimme war ihm im Halse stecken geblieben, doch wusste er, dass er als Anführer der Truppe nun ein Machtwort zu sprechen hatte. »Nein«, brummte er also schließlich und richtete sich wieder auf. »Nein, Shawnowitz hatte…hat in vielen Dingen Unrecht, doch in diesem Fall liegt er wohl nicht falsch. Eure Frevel sind lächerlich im Vergleich mit den gewöhnlichen Gaunern, die auf … seiner Beuteliste stehen. Und außerdem, diese Leben liegen längst hinter euch! Ihr seid nun anständige Männer mit einer anständigen Arbeit, lange bereinigt von euren vorherigen Sünden. Selbst … Shawnowitz.«

Chowak senkte den Blick und tippte seine Fingerspitzen aneinander. Ojibski rieb sich ausdruckslos die felsigen Knie. Und Creekov starrte ebenfalls wortlos ins Leere, tief in Gedanken versunken.

»Aber was dann?«, flüsterte Chowak irgendwann. »Wenn Shawnowitz nicht abgehauen ist und wenn ihn auch nicht … ihr wisst schon wer … den Garaus gemacht hat, was ist dann passiert? Was ist mit Shawnowitz geschehen? Und wer oder was steckt dahinter? Oder hat es vielleicht sogar etwas mit dem ermordeten Mädchen zu tun?« Bevor Creekov sich wieder dazu aufraffen konnte, die Stimme zu erheben, war es schon Ojibski, der das Wort ergriff. »Ach, das alles kann doch kein Zufall sein. Zuerst wird dieses Mädchen ermordet und dann verschwindet auch noch am selben Abend einer unserer Männer. Es ist dieser Ort, das sage ich euch. Wollt ihr meine Meinung wissen? Ich sage, irgendjemand in diesem Dorf hat ihr Blut an seinen Fingern. Diese Bergleute sind wahnsinniger als die Insassen des Sanatoriums. Deswegen will ich hier auch einfach nur so schnell wie irgend möglich weg.«

»Seid ihr wirklich so blind?«

Die drei Herren an ihrem runden Tisch fuhren herum und richteten ihre Blicke auf den Tresen am anderen Ende der Schenke, wo ein milchiges Glas gerade träge von einem staubigen Lappen umschlungen wurde und ein Mann mit kahlem Haupt und tiefdunklen Augenringen sich wankend auf die Tischplatte stützte. Neben ihm hatte sich ein Haufen leerer Bierkrüge angesammelt.

»Talleute«, spuckte er aus und hickste einmal schräg. »Seht nur, was ihr sehen könnt, aber nicht das, was zu sehen ist.«

Chowak zog seine dünnen Augenbrauen zusammen. »Verzeihung, aber wie genau meint Ihr das? Zu was sind wir denn in Euren Augen nicht imstande, wahrzunehmen?«

Der Schankwirt schob das trübe Glas von sich und fuhr mit den Fingern, in Gedanken versunken, über die raue Holzplatte seiner Theke. »Ihr sprecht hier davon, wie Leute das Weite suchen oder ermordet werden. An einem Ort wie diesem. Flucht in einer unendlichen weißen Ödnis oder Tod dadurch, dass man sich regelrecht in Luft auflöst. Na, erkennt ihr den Fehler?« Er lächelte Creekov schräg an. »In einem Gebirge sind es nicht Mörder, Gauner oder sonst was, vor denen man sich fürchten sollte.«

Ein Poltern hallte durch die Schenke, als Creekovs Stuhl nach hinten schnellte, der Bergführer in die Höhe schoss und schnaufend auf die Theke zu stapfte. »Jetzt hört mir mal zu, Schankwirt!«, dröhnte er und stützte sich dominant auf den Tresen, sodass das Ende seines buschigen Bartes beinahe das knochige Kinn des Schankwirts berührte. »Ich habe nicht die Nerven für sowas. Wenn Ihr mir etwas zu sagen habt, dann sagt es. Aber sprecht gefälligst nicht in Rätseln!«

Der Schankmann erwiderte den Wutanfall des Bergführers jedoch nur mit einem schrägen, zahnlosen Grinsen. »Du begreifst es nicht. Obwohl es doch eigentlich offensichtlich ist. Auf diesem Ort liegt ein Fluch. Ein Fluch, älter als die letzten Worte des finsteren Dunkens. Wenn sich der Schnee über die Baumkronen legt und die Finsternis der Nacht aus allen Winkeln herauskreucht, dann kriecht auch es aus den Tiefen des Waldes hervor ...«

»Was?«, knurrte Creekov. »Was kommt aus dem Wald hervor?«

Die glasigen Pupillen des Schankwirts wanderten auf Chowak und Ojibski. Dann drehten sie sich einmal, anstatt sich aber auf Creekov zu fixieren, richteten sie sich ausdruckslos auf die dunkle Leere draußen vor einem der Fenster. »Eine Ausgeburt des reinen Grauens. Ein Jäger der gerissensten Art. Ein Richter fern aller irdischen Gesetze. – Die Bestie!« Schlagartig warf er sich den Lappen über die Schulter – verfehlte dabei beinahe – und musterte seine drei Gäste erneut wankend. »Ich hatte euch gewarnt. Doch ihr wolltet nicht auf mich hören. Lebt nun mit den Konsequenzen ... Genauso, wie ich es tun muss.« Dann ließ er von dem Tresen ab und wankte stolpernd in sein Schlafzimmer.

Creekov blieb wie angefesselt stehen und schnaufte schwer.

Ojibski hinter seinem Rücken erhob sich ebenfalls und stellte sich mit verschränkten Armen hinter seinen Anführer. »Es hat keinen Sinn, Creekov«, brummte er. »Sieh es jetzt endlich ein. Du jagst einen Geist, während du gleichzeitig von einem anderen gejagt wirst. Ich bitte dich, lass uns diesen Ort verlassen und unsere Arbeit zu Ende bringen. Lass uns ins Tal zurückkehren und all das hinter uns lassen.«

»Er hat Recht«, fügte Chowak gleich hinzu, der ebenfalls aufgestanden war. »Wir sollten nicht hier herumsitzen und unsere wertvolle Zeit verschwenden ... besonders nicht unter diesen Umständen. Eine Bestie? Creekov, was auch immer es ist, es ist mir vollkommen fremd. Mir ist das alles zu subtil. Wir sollten schleunigst aufbrechen. Shawnowitz hin oder her.«

Der Sturm polterte von allen Seiten gegen die Schenke, als versuchte er, mit aller Kraft in ihr Inneres zu dringen und alles Leben darin automatisch in seinem Atem zu ersticken. Creekov schnaufte schwer, dann beruhigte er sich aber und drehte sich zu seinen zwei Gefährten herum.

»Nein«, verkündete er bestimmend. »Nein, wir sind eine Familie. Wir halten zusammen, komme was wolle. Und vor allem vergessen wir nicht.« Er hob den Kopf an und musterte seine zwei Schützlinge scharf. »Ihr habt Recht, wir sollten unsere Zeit nicht weiter mit Warten vergeuden. Einer unserer Brüder wurde hier von wem oder was auch immer entführt, das dürfen wir nicht einfach ungesühnt lassen. Wir sollten nicht eher ruhen, bevor wir entweder Shawnowitz gerettet oder dieses Monster zur Strecke gebracht haben. Deswegen, sobald der Schneesturm sich gelichtet hat, werden wir gemeinsam dort in diesen Wald hinausgehen. Vielleicht werden wir Shawnowitz finden, vielleicht werden wir diese Bestie finden – was auch immer sie sein mag. Beides soll mir recht sein! «

Irgendwann später – es mochten Stunden oder auch Tage vergangen sein – blickte Cormac Creekov starr auf die dunkle Fassade der dicken Bäume. Diesen finsteren Wall, hinter dem wohl lauern konnte, was die Vorstellung gar nicht auszumalen vermochte. Ein karger Abgrund, geschützt durch seine uralte Vegetation und unergründet von den Eroberern der zivilisierten Welt. Was konnte solch ein schreckliches Dickicht nur in sich bergen? Dann drehte Creekov den Kopf und sein Blick fiel auf die zwei Männer hinter ihm.

Chowak fummelte mit den Fingern an seinem Mantel umher und versuchte, seinen Blick möglichst in eine andere Richtung als den Wald zu drehen, während Ojibski die Lippen zusammendrückte und seine dicken Arme vor der Brust verschränkt hatte. Creekov hob seine beiden Augenbrauen an.

Der Schneesturm hatte sich für den Moment gelegt, doch wanderte noch immer ein eisiger Hauch über die offene Wiese zwischen dem Dorf und dem Wald, der sich mit aller Kraft durch jede noch so kleine Öffnung ihrer Mäntel zu quetschen versuchte.

Für einen weiteren Moment schwieg Chowak und versuchte einmal vergeblich zu schmunzeln. Dann aber merkte er, dass er dazu schlichtweg nicht in der Lage war und öffnete den Mund zum sprechen. »Cormac«, begann er vorsichtig, »ich weiß, was du vor hast. Aber bevor wir dort nun hineingehen ... hast du auch nur die geringste Ahnung, mit was wir es hier zu tun haben?«

Creekov starrte ihn für einen langen Moment an, dann schüttelte er ausdruckslos den Kopf. »Es tut mir leid. Wenn ich dir nun auf diese Frage eine Antwort geben könnte, Chowak, dann bräuchten wir wohl gar nicht mehr die Tiefen des Ozeans zu erkunden.«

Chowak wandte den Blick ab.

Der alte Bergführer schwieg ebenfalls wieder einige Sekunden, in denen sein leerer Blick ins Nichts des finsteren Nebels stierte. Doch er wusste, dass er es dabei nicht belassen konnte. »Dreißig Jahre überquere ich nun schon dieses Gebirge«, murmelte er schließlich. »Seit ich ein Bursche war, habe ich Leute von der einen Seite auf die andere geführt. Wahrscheinlich habe ich also zusammengerechnet mehr Zeit hier verbracht als in irgendeinem warmen Tal. Doch all diese Jahre haben mich gelehrt, dass die Fremde der Berge manchmal einem Tor in eine andere Welt gleichen kann. Eine Spiegelwelt, in welcher Dinge real sein mögen, die sonst eigentlich nur Träumen entspringen können ... oder auch Albträumen.« Langsam wandte er den Kopf und blickte hinab auf den jungen Chowak. »Doch letztendlich zählt das nicht. Wir mögen es hier mit einem einfachen Schneekrieger, einem wildgewordenen Bären oder selbst einer Bestie aus den Abgründen der Hölle zu tun haben, es macht keinen Unterschied. Wir sind für Shawnowitz hier, sonst nichts.«

»Und wenn Shawnowitz schon längst fort ist?«, brummte Ojibski. »Und wir geradelinks in die Falle eines Ungeheuers stolzieren?«

»Wie lange wandern wir nun schon durch diese Gefilde, Ojibski?«, fragte Creekov und fuhr in Richtung des breiten Mannes. »Unzählige Male wären wir dabei beinahe der Macht der Berge unterlegen, doch jedes Mal konnten wir dennoch triumphieren. Und warum? Warum haben uns kein Sturm, keine Lawine und kein Erdrutsch erdrücken können? Weil wir stets als eine Truppe zusammengestanden sind!

Weil wir zusammengehalten haben und immer auf die anderen Acht gegeben haben! Warum schrecken wir also jetzt davor zurück, einen der Unseren aus den Fängen des Gebirges zu retten?«

»Weil es nichts zu retten gibt«, meinte Ojibski. »Nur zu rächen.«

Creekov starrte ihn entgeistert an. Dann schüttelte er seinen bärtigen Schädel, schnaufte einmal verdrießlich, drehte sich flott von den beiden weg und stapfte geradewegs in die Finsternis des Waldes. Chowak und Ojibski wechselten noch einmal Blicke, dann aber seufzte Chowak schwer und folgte seinem Anführer schnellen Schrittes. Ojibski knurrte noch vor sich hin, tat dann jedoch das gleiche.

Im Gleichschritt marschierten sie bedächtig, aber zielstrebig voran, immer tiefer in den Wald hinein. Creekov ganz vorne, das Beil zum Angriff bereit in seinen Händen, dahinter Chowak, der sich fast schon die ganze Zeit im Kreis drehte, um allzeit alle Himmelsrichtungen im Auge zu haben, und am Ende schließlich Ojibski, der nur gelegentlich einen Blick über seine Schulter warf, seine Spuren im Schnee betrachtete und einmal schnaufte. Der Wind heulte umher, die frostigen Rinden der Bäume klapperten wie Skelette und der Schnee knirschte jedes Mal, wenn ihre Stiefel in seine Tiefen sanken – fast begierig danach, sie zu fassen und nie wieder loszulassen.

Dann aber glaubte Creekov auf einmal ein seltsames Knacken hinter sich zu hören und fuhr blitzschnell herum. Und da war es. Gerade noch erkannte er zwischen den Bäumen die Silhouette einer unnatürlich hochgewachsen und krumm davonhuschenden Gestalt. Bevor er jedoch mehr erkennen konnte, war der Schatten auch schon wieder in der Finsternis verschwunden und der Wald war so leer und einsam wie zuvor.

»Wartet!«, flüsterte er zischend und der Trupp kam sogleich zum Stehen. Er hob sein Beil an und drehte sich vorsichtig um die eigene Achse, alle Winkel um sich herum genauestens im Blick. »Irgendetwas war da. Irgendetwas war da im…«

Just in den Moment dröhnte ein markerschütternder Schrei durch den dunklen Wald. Doch was dem gleich darauf folgte, jagte ihm einen weitaus eisigeren Schauder üben den Rücken. Ein heiseres Rufen, welches aber deutlich hörbar klang:»Cooormac!!!«

Und sowohl Creekov als auch Chowak und Ojibski waren sich auf Anhieb darüber im Klaren, wem genau diese Stimme gehörte. Denn ein jeder von ihnen hatte sie zuletzt vor wenigen Tagen gehört und eigentlich war sich ein jeder von ihnen fast sicher gewesen, dass sie ihren schrägen Klang nie wieder zu Ohren bekommen würden.

»Shawnowitz!«, rief Creekov gleich aus tiefster Kehle, doch bevor er in irgendeiner Form agieren konnte, war Ojibski schon an ihm vorbeigeprescht, hatte lautstark »Verdammt, ich hol ihn mir!« gebrüllt und war mit erhobenen Messern losgestürmt.

»Warte!«, wollte Creekov noch schreien, doch schon war der breite Mann im Dickicht verschwunden, sodass er ebenfalls sofort lossprang und ihm eilig nachstapfte, Chowak kurz darauf hinter ihm.

»Shawnowitz!«, »Creekov!« und »Ojibski!« hallte aus allen Richtungen durch den Wald. Eilig kämpfte sich die Truppe mit gezückten Messern, Beilen und Macheten durch das finstere Dickicht zwischen den hochgewachsenen Bäumen. Ohne Plan stürzten sie den fernen, aber hörbaren Schreien ihrer jeweiligen Kameraden hinterher, schlüpften unter dicken Wurzeln hindurch, sprangen über schmale Bäche hinweg, kletterten niedrige Felshänge empor und rannten über kleine Lichtungen, bis jedem von ihnen erst nach einer Weile auffiel, dass sie jeweils in ganz unterschiedliche Richtungen gerannt waren. Irgendwann blieb jeder von ihnen plötzlich stehen und blickte verwirrt um die eigene Achse, doch mit weit und breit niemand anderem in Sicht.

»Verdammte Scheiße!«, fluchte Creekov und schlug mit seiner Faust voller Frust gegen die frostige Rinde eines stummen Baumes.

Doch ehe er sich die blutige Faust reiben konnte, ertönte schon der nächste Schrei durch den Wald. »Cormac! Cormac!«

Creekovs Kopf schnellte augenblicklich herum und erblickte am Ende eines steilen Hanges neben ihm eine hochgewachsene Gestalt, die schweißüberströmt aus einem dunklen Gebüsch sprang. Es war jedoch weder eine Bestie noch Shawnowitz, sondern der breitgebaute Ojibski.

»Lauf!«, schrie er mit schiefer Stimme und wollte direkt auf Creekov zu rennen, dann blieb sein Fuß plötzlich zwischen zwei Wurzeln stecken, er verlor das Gleichgewicht und landete mit dem Gesicht voraus im Schnee.

Creekovs Hand umklammerte instinktiv den Griff seines Beils. Sein Blick blieb jedoch nicht auf Ojibski heften, sondern wanderte starr an dem nebligen Schatten empor, der langsam hinter ihm hervortrat und wehend hoch in den Himmel aufstieg, bis er beinahe den Anfang der Baumkrone berührte. Etwas, das er in der Dunkelheit nicht erkennen konnte, umklammerte den gesamten Schädel Ojibskis und zog ihn weit in die Höhe, sodass seine Füße über dem Boden baumelten. Dann, mit einem Geräusch, welches an das schiefe Kratzen langer Fingernägel auf einer alten Tafel erinnerte, trennte sich sein Kopf Stück für Stück von seinen Schultern, während seine Augen sich qualvoll aus seinen Augenhöhlen zu pressen schienen. Ein tiefes Röcheln ertönte, der kopflose Körper platschte in den Schnee, rollte polternd die Anhöhe hinunter und zog eine lange Spur dunklen Blutes mit sich. Ojibskis ausdrucksloser Schädel versank im schwarzen Meer der Finsternis.

Creekov rührte sich keinen Millimeter vom Fleck. Er traute sich nicht, den kopflosen Körper zu seinen Füßen anzusehen, noch wagte er es, seinen Blick von dem dunklen Schatten zu nehmen. Dann hob er aber blitzschnell sein Beil an und ließ es wie einen Pfeil durch die eisige Nachtluft sausen, doch wurde die Klinge ebenfalls einfach nur teilnahmslos von der Finsternis verschluckt, ohne irgendein Geräusch des Aufpralls von sich zu geben.

Seine Chancen befreiend, fuhr Creekov augenblicklich herum und suchte Hals über Kopf das Weite. Er sprintete, so schnell seine kurzen Beine ihn durch den widerspenstigen Schnee tragen konnten. Konstant verspürte er einen eisigen Hauch in seinem Nacken, der ihm wie ein unnachgiebiger Windstoß zu verfolgen schien und seine Nackenhaare zerkrausen ließ, doch wagte er es nicht, über seine Schulter zu blicken. Er hastete einfach nur weiter und weiter.

Irgendwann brannte in ihm endlich ein Hoffnungsfunke auf, als er plötzlich einige blasse Lichter am Horizont erkannte. Bald darauf erreichte er auch tief schnaufend die Wiese vor dem Dorf, wo er schließlich einen Blick auf die Mauer des Waldes wagte. Doch von dem hochgewachsenen Schatten fehlte jedwede Spur. Er drehte sich wieder um und fand voller Erleichterung den auf den Boden gesunkenen Chowak in der Mitte der Wiese.

»Was ist geschehen?«, fragte der Junge mit nassen Augen seinen Anführer. »Was war das? Wo ist Shawnowitz? Wo ist Ojibski?«

Creekov schüttelte verbittert den Kopf, bewusst die um sie herum versammelte Menge an glotzenden Dorfbewohnern ignorierend. »Sie hat uns in die Irre geführt, Chowak«, ächzte er. »Hat uns hinters Licht geführt, uns in verschiedene Richtungen gejagt. Und dann … dann hat sie Ojibski erwischt.«

Vor Niedergeschlagenheit sank auch er zu Boden und wollte seinen von Trauer erstarrten Kumpanen trösten, kam jedoch nicht dazu, da sein Blick sich auf eine Gestalt in der ersten Reihe der versammelten Dorfbewohner heftete, das Gesicht hinter seinem aufgestellten Kragen und unter der Krempe seines großen Hutes verborgen, die Hände tief in den Taschen seines scharlachroten Umhanges vergraben.

»Ich habe es euch gesagt!«, brüllte plötzlich der Schankwirt voller Schrecken, als er aus der Menge gestürmt kam, wodurch er Creekovs Blick vom Antlitz des Marshalls riss. »Ich habe euch gesagt, dass die Bestie uns alle verschlingen wird. Diese Fremdlinge haben sie in unsere Mitte geführt, haben sie durch ihren Leichtsinn gereizt, und jetzt seht nur an, was mit jenen geschieht, die sich ihr entgegenstellen. Unser Dorf ist dem Untergang geweiht! Auf uns allen liegt nun der Fluch der Bestie! Oh, als es vor ein paar Jahren dort auf der anderen Seite des Waldes begann, haben wir Narren noch über deren Aberglauben gespottet, aber seitdem ihr Fort ausgerottet wurde, sind wir nun ihre Beute. Und sie wird nicht Ruhe geben, ehe sie das gleiche Schicksal wie das Fort Algoncias über uns gebracht hat!«

Mit einem Mal erwachte das Standbild des Marshalls zum Leben und sein Kopf schnellte in die Richtung des Schankwirt. »Fort Algoncia?«, zischte er tiefen Tones, doch in so einer Laustärke, dass die gesamte Versammlung deutlich das Zittern in seiner Stimme wahrnehmen konnte. Wehenden Mantels fuhr er herum, stapfte schnellen Schrittes auf den Schankwirt zu und packte den kahlen Mann am Kragen. »Was sprecht Ihr da? Dies ist Fort Vitika. Fort Algoncia liegt ein paar Dutzend Meilen nordwärts, gänzlich fernab dieser Gefilde!«

»Nein, nein«, fiel die alte Dame mit den milchigen Augen dem Schankwirt ins Wort, bevor dieser es überhaupt ergreifen konnte. »Fort Algoncia liegt gleich auf der anderen Seite des Waldes, weniger als einen Tagesmarsch entfernt.«

Der Marshall erstarrte vom einen Moment auf den anderen, sodass ihm der Kragen des Schankwirt langsam aus dem Griff glitt. Während dieser stolpernd vor ihm das Weite suchte, regte sich der Marshall jedoch nicht vom Fleck, den Arm immer noch ausgestreckt und die Finger immer noch angespannt. Er stand einfach nur dort, wie eine ominöse Vogelscheuche in einem Feld, während alle Versammelten ihn irritiert musterten. Allen voran Creekov.

»Was ist los?«, fragte dieser erst entsetzt, dann aber erzürnt. »Was hat es mit Fort Algoncia auf sich? Ja, warum wolltet Ihr es so unbedingt umgehen?« Als keine Antwort zurückkam, sprang er blitzschnell auf seine Beine und rannte auf den Marshall zu. »Was habt Ihr mir verschwiegen, das zum Tod meiner Männer geführt hat!?«

Der Scharlachrote Marshall senkte seinen Arm und überprüfte kühl mit seinem Augenlicht die gesamte Front des Waldes. »Es ist ein Ort, an dem einst eine Geschichte stattfand, von der ich gedacht hatte, dass ihre letzten Worte längst geschrieben wären.« Dann hielt er inne, drehte sich zu Creekov herum und gab – zu allem Überraschen – einen tiefen Seufzer von sich. »Nun gut, Cormac Creekov. Ich denke, ich habe Euch eine kleine Geschichte zu erzählen.«

Der Sensenmann

von Dunkenehr

viele Jahre zuvor …

Herr Grim hielt den polternd vor sich hin klimpernden Koffer fest in seinen Armen. Obwohl er sich im tiefsten Winter befand, war sein gesamtes Gesicht von einer Schicht dicker Schweißtropfen überzogen und sein gesamter Körper zitterte wie der eines ängstlichen Tieres. Mit einem gespenstischen Heulen zogen die Tropfen des nassen Schneeregens beinahe horizontal am beschlagenen Fenster der kleinen Kutsche vorbei, während der unheimliche Wind das eilig rasende Gefährt auf der unebenen Straße hin und her wanken ließ.

»Oh, das war alles ein Fehler!«, wimmerte der pummelige Herr Grim verzweifelt und schwenkte sich zur Beruhigung schluchzend vor und zurück. »Ein schrecklicher Fehler! Sich mit dem verflixten Dyxtrak-Kartell anzulegen … wie konnten wir nur so narrenhaft sein?! Oh, was haben wir nur getan? Wir sind verdammt!«

»Ach, hört doch endlich auf zu heulen, Grim«, knurrte der knorrige Herr Kramer kalt und verdunkelte den kleinen Innenraum mit einer dicken Rauchschwade seiner Pfeife. »Bis zum Morgengrauen werden wir Echmard erreicht haben. Von dort aus werden wir auf das nächstbeste Schiff steigen und dann sind wir schnurstracks außerhalb der Reichweite der Dyxtraks.«

Herr Grim schüttelte mit eisigem Blick den Kopf. »Oh nein, Kramer, oh nein, das werden wir nicht sein. Wir sind verdammt! Oh, bei allen Göttern und Dämonen, ja, wir sind verdammt! Denn sie haben *es* nach uns geschickt! Jene Bestie der Nacht, welche nie einen Mann am Leben lässt und noch nie von einem Mann bezwungen wurde. Diese Ausgeburt der Hölle, diese abscheuliche Kreatur … dieser Sensenmann, der die Seelen der Schuldigen und Unschuldigen gleichermaßen einsammelt, um sie zu sich in die Unterwelt zu verschleppen. Oh, Kramer, wir sind verdammt!«

Herr Kramer schnaubte nur verächtlich über die übertriebene Wehleidigkeit seines Mitverschwörers. »Humbug!«, brummte er zornig. »Ich weiß, von wem Ihr da gerade mit vollen Hosen redet, doch wir sind zweifelsohne außerhalb seiner Reichweite. Niemals könnte er uns mit unserem Vorsprung noch einholen. Und jetzt hört gefälligst auf zu heulen!«

»Oh nein, Kramer ... «, stotterte Herr Grim weiter. »Dieses Monstrum ist kein Sterblicher wie Ihr und ich, die an die Gesetze von Raum und Zeit gebunden sind. Es wandert durch eine Zwischenwelt, fernab der von uns wahrgenommen irdischen Realität, und kann von keiner Mauer, keinem Tor und auch keinem Ozean aufgehalten werden!«

»Humbug!«, brüllte Herr Kramer wieder spottend. »Ihr seid ein abergläubischer Narr, Grim! Ein unglaublich leichtgläubiger Schwachkopf. Dieses Individuum ist ein Sterblicher wie jeder andere auch und selbst wenn er uns einholen sollte, würde ich mit einem gezielten Schwertschlag seinen Kopf vom Rumpf trennen.«

Ein Poltern – ein Ruck – Herr Grim wurde mit dem Kopf voraus von seinem Sitz geworfen und landete mit dem Gesicht auf dem Boden der Kutsche. Schnell rappelte er sich wieder auf und versuchte, durch das kleine Fenster hindurch irgendetwas zu erkennen. Das Einzige, was seine schweißerfüllten Augen jedoch wahrnehmen konnten, war der dicke Schneeregen, welcher nun aggressiv und frontal gegen die Fensterscheibe prasselte. Sie waren zum Stehen gekommen.

»Seht nach, was mit dem Kutscher los ist!«, befahl Herr Kramer sofort und lugte ebenfalls auf seinem Fenster.

Der nun schweißgebadete Herr Grim wollte sogleich protestieren, doch sein zorniger Gefährte wiederholte nur drohend seine vorherigen Worte. Widerstand war zwecklos. Mit einem lauten Wimmern öffnete Herr Grim langsam die knarzende Tür und setzte zuerst einen, dann den nächsten Fuß in die tiefe Masse aus Schnee und Matsch, welche seine Beine am Boden festfror.

Zitternd schritt er langsam zum Sitz des Kutschers vor – den durch den Wind unruhig wackelnden Koffer fest an seine Brust gedrückt. Murmelnd vor sich hin betend hoffte er verzweifelt darauf, dass nur ein Hindernis, wie etwa ein umgefallener Baum oder ein wegkreuzendes Reh ihre Weiterfahrt unterbrochen hatte. Es wäre ja durchaus möglich gewesen, keineswegs undenkbar oder realitätsfremd. Doch als er mit triefenden Augen auf die finstere Straße vor sich blickte, erkannte er mit einem aussichtslosen Schluchzen nichts dergleichen. Unweigerlich begann er, das Schicksal des armen Kutschers zu ahnen.

Dadurch hatte er mit wirklich allem gerechnet. Den Kutscher mit aufgeschlitzter Kehle, durchbohrtem Herzen, abgetrennten Gliedmaßen oder sogar kopflosen Schultern vorzufinden, doch als er seinen eingezogenen Kopf auf dessen Sitz richtete, war dieser einfach nur leer und mit einer Decke feuchten Schnees überzogen. Der Kutscher hatte sich einfach in Luft aufgelöst.

Voller Entsetzen schrie Herr Grim lautstark auf und stürmte stolpernd zurück zu Herrn Kramer, um ihm seine furchtbare Beobachtung zu berichten. Als er jedoch die kleine Tür schweißüberströmt erreicht hatte, war im dunklen Inneren der Kutsche keine Spur von Kramer zu finden. Was war hier geschehen? Was war hier los? Wo war der Kutscher? Wo war Herr Kramer? Wer hatte ihnen das angetan?

Ein lautes Donnergrollen erfüllte schlagartig den Wald, wodurch Herr Grim vor Schreck das Gleichgewicht verlor und rücklinks in den Schnee fiel. Schnell drehte er sich wieder um und im Lichte des darauffolgenden Blitzes bot sich ihm der schreckliche Anblick einer hochgewachsenen Gestalt, welche vom Dach der Kutsche aus auf ihn herabblickte. In seinem blanken Entsetzen vermochte Grim es nicht, mehr als die Silhouette dieser Kreatur zu beschreiben – ein langer, dünner Körper, gehüllt in schwarzen, finsteren Umhang. Ein Dämon aus der Hölle!

Mit einem weiteren Schrei sprang er zurück auf seine Beine und ergriff verzweifelt die Flucht. Gegen den tiefen, seinen Unterleib verschlingen Schnee ankämpfend, stapfte er verbissen den Hang hinauf. Wenn er nur schnell genug davonrannte, konnte er dieser Bestie vielleicht noch entkommen. Unzählige vor ihm waren kläglich daran gescheitert, doch im flehenden Gebet an alle ihm bekannten Götter wollte er die Hoffnung nicht aufgeben, seinem Schicksal noch entfliehen zu können. Warum war er nur so ein unglaublicher Narr gewesen? Er hatte sich mit der mächtigsten Verbrecherorganisation Dunkenehrs angelegt und für was? Für einen Haufen nichtsnutzigen Goldes, mit welchem er jetzt auf nicht seine Seele freikaufen konnte. Ja, sollte er das hier nun überleben, würde er ein anderes Leben als ein anderer Mann führen. Ein rechtschaffener Mann. Er würde sich bis zu seinem letzten Atemzug von jedweden kriminellen Machenschaften fernhalten und nur noch Gutes für jeden in dieser Welt tun. Ja, das schwor er sich. Er wollte nur überleben.

Ein Stein. Grim stolperte und landete mit gebrochenem Bein im Schnee. Er blickte auf und vor ihm am Ende des Hanges stand regungslos die ominöse Gestalt.

Mit tränenden Augen fiel Grim vor dem Dämon auf die Knie und faltete flehend seine aufgeschürften Hände ineinander. »Oh, bei allem, was heilig ist in dieser Welt, habt doch bitte Gnade! Verschont mich und ich schwöre bei meiner Seele, fortan nur noch Gutes zu tun. Ich flehe Euch an, lasst mir mein wertloses Leben und ich werde mich Euch unterwerfen. Ich werde alles tun, was Ihr von mir verlangt und noch viel mehr. Ich werde Euer treuer Diener sein und Euch niemals enttäuschen. Oh großer Azraelean!«

Im Lichte eines letzten Blitzes zuckte die schimmernde Klinge einer langen Sense im Nachthimmel auf und trennte mit einem gezielten Schlag Grims Kopf von seinem Rumpf.

Kapitel 4

»Es gibt Dinge in dieser Welt, die eigentlich dafür bestimmt sind, den Augen Unseresgleichen für immer verborgen zu sein. Gelegentlich springt dieser Spiegel jedoch und so manche verdammte Seele erhascht einen Blick durch den winzigen Spalt auf diese fremde Welt der Finsternis.«

Der Marshall atmete einige Male tief durch. Er hob den Kopf an und blickte den ihm gegenüber sitzenden Schneekriegern tief in die Augen. Dann sprach er:

»Doch ich glaube zu wissen, was hier wirklich vor sich geht. Um das zu verstehen, müssen wir aber tief in einen Teil meiner Vergangenheit eindringen, den selbst ich gerne verdränge. Doch egal was man versucht, man kann die Vergangenheit nicht ungeschehen machen, ebenso wenig, wie man sie vollständig vergessen kann. Deshalb ist nun die Zeit gekommen, dieses Siegel ein für alle mal vollständig zu öffnen, damit ich es eines Tages auch endlich vollständig verschließen kann.«

Er steckte sich eine Zigarette zwischen die Zähne, ließ sie mit dem lauten Zischen eines Streichholzes erleuchten und begann dann im Nebel der erloschenen Flamme:

»Alles geschah vor vielen Jahren in den Tiefen dieses Gebirges, in der abgelegenen Kleinstadt Fort Algoncia. Während einer unheilvollen Winternacht wurde der dortige Schulze eines Tages durch einen Militärputsch vom Kommandanten seiner eigenen Stadtwache hintergangen, zu Fall gebracht und in die Unterwelt verbannt. Der blutige Kommandant riss daraufhin die Macht des Forts an sich und ernannte sich selbst zum absolutistischen Alleinherrscher. Doch die Brutalität seines Staatsstreiches sollte schon bald von der Tyrannei seiner darauffolgenden Herrschaft in den Schatten gestellt werden. Er genoss ein Leben voll Völlerei und Wollust und sah voller Begierde dabei zu, wie seine eigenen Bürger am Hunger dahinrafften – insbesondere in den kalten Jahreszeiten. Ebenso empfand er große Freude daran, willkürlich Unschuldige gefangen zu nehmen und ihnen das Leben aus der Seele zu foltern. Doch um selbst dies in den Schatten zu stellen, besaß er neben seiner Blutrünstigkeit auch noch die Vorliebe, seine Opfer nach dem Tod zu häuten, sie zu braten und schließlich auf großen Banketten zu verspeisen. Die Worte über seine Grausamkeit machten eilig die Runde und nach einigen Monaten wurde er schließlich ein Dorn im Auge mächtiger Männer und ich wurde damit beauftragt, mich um ihn zu kümmern und dem ein Ende zu setzen. Doch begab ich mich zu jener Zeit nicht allein auf diese Mission. Denn bevor ich meine Berufung als Marshall in den Diensten der Krone antrat, habe ich einst als gemeiner Söldner in diesen Wäldern mein täglich Brot verdient. Vor vielen Jahren, als mein Körper noch schmal und mein Geist unbefleckt war, brachte mich das Schicksal nach Dunkenehr, wo ich eines Tages ... auf meinen Meister traf. Jenen Mann, der mich alles lehrte, was ich heute über die Profession des Tötens verstehe. Wie man einen Tod in die Länge ziehen oder kurz und bündig machen konnte, wie man ihn brutal oder rein wie Seide machen konnte, und wie man seine Opfer in die Irre führen oder mit ihnen spielen konnte. Er war ein sonderbares Individuum, das sonst gerne fern von allen Sterblichen verweilte und das merkte man ihm auch an. Er sprach nicht viel, würdigte mich selten eines Blickes und wenn man ihn enttäuschte, konnte er außerordentlich grausam werden. Dazu war er erfüllt von einer schrecklichen Gier – nicht nur nach dem Kopfgeld seiner Missionen, sondern insbesondere nach dem Nervenkitzel des Tötens. Das Gold interessierte ihn nicht, ihn trieb einzig der Reiz. Und ich, naiv und jung, tat alles, was er mir auftrug, in der Hoffnung, irgendwann einmal sein Ebenbild sein zu können. Ohne jedwedes Hinterfragen und ohne Widerspruch.«

Der Marshall nahm einen tiefen Zug seiner Zigarette, ließ den Rauch vorsichtig aus seinen Nasenlöchern dringen und nahm dann gleich rasch einen weiteren Zug.

»Eines Tages«, sprach er ruhig, »wurden mein Meister und ich also nun damit beauftragt, den kannibalischen Despoten von Fort Algoncia zu Fall zu bringen. Wir zogen gemeinsam ins Gebirge von Barbos und verschafften uns – wie all die unzähligen Male zuvor bei all den anderen unzähligen Opfern – im Schatten der Nacht Zutritt zur Feste des Despoten ...«

Flink wie eine Feder schlich ich über den blutroten Teppich des finsteren Flures. Das Stilett in meiner rechten Hand zitterte ein wenig, doch daran hatte ich mich nun seit langem schon gewöhnt. Jedes Mal, wenn ich auch nur das geringste Geräusch wahrnahm, zuckte ich sofort zusammen und hielt meine Waffe zum schnellen und tödlichen Angriff bereit – so wie mein Meister es mich gelehrt hatte. Doch bisher waren es zum Glück immer nur umherwuselnde Ratten oder das sachte Tippen der Äste gegen ein Fenster gewesen.

Leise öffnete ich eine der Türen einen Spalt breit und ließ meinen Blick rasch über die dunkle Kammer wandern. Nichts. Keine Wachen, kein Personal, keine einzige Seele. Ich atmete vor Erleichterung einmal kurz aus. Ich wusste genau, was ich im Falle einer Person in der Kammer hätte tun müssen – mein Meister hatte mir die Konsequenzen klar gemacht, sollte ich es nicht tun – aber derartige Taten so lange wie möglich hinauszuzögern, ließ mir jedes Mal aufs Neue einen Stein vom Herzen fallen.

Nachdem ich die Tür wieder ohne ein Geräusch zu machen verschlossen hatte, schlich ich weiter den Flur entlang. Bald schon erreichte ich einen kleinen Saal mit rußigem Kamin und staubigem Bankett. Spinnweben hingen vom rostigen Kronleuchter wie seidene Vorhänge und von den Kerzen des Raumes waren nur noch kleine Plumpen roten Wachses vorhanden. Das Einzige, was hier nicht wirkte, als hätte man es zuletzt vor Monaten angerührt, war das zerkratzte Goldtablett auf dem sonst leergeräumten Bankett. Da der Raum einzig vom dunklen Mondlicht durch das vergilbte Fenster hindurch erleuchtet wurde, musste ich etwas nähertreten, um erkennen zu können, was genau es war, um das ein Schwarm von Fliegen dort wütend surrte. Beim Anblick dessen verspürte ich aber augenblicklich einen Würgereiz in meiner Kehle, da es sich weder um eine saftige Schweinshaxe noch um eine knusprige Hähnchenkeule handelte, sondern um das geröstete Bein eines Schneekriegers. Um diesen Anblick noch schlimmer zu machen, fehlte dazu ein dicker Teil der Wade, welchen man jedoch dem Anschein nach sicher nicht sauber mit Messer und Gabel herausgeschnitten hatte. Vielmehr wirkte es, als hätte ein tollwütiges Tier das Fleisch mit seinen Fangzähnen herausgerissen und gierig verschlungen. Ich hatte ja gewusst, dass wir hier auf der Fährte eines Kannibalen waren, doch das Massaker auf diesem Bankett erinnerte mich eher an eine wildgewordene Bestie.

Ein dumpfes Poltern, gefolgt von einem fauchenden Schrei. Augenblicklich ließ ich das unheilvolle Speisezimmer hinter mir und stürzte zurück in den Gang, der Richtung des Geräusches hinterher. Egal, was geschehen war, unsere Deckung war nun sowieso aufgeflogen. Sollte etwas schief gegangen sein, musste ich meinem Meister aus der Klemme retten. Ohne ihn war ich schlichtweg nichts. Ich brauchte ihn, durfte ihn unter keinen Umständen verlieren. Etwas war schief gegangen. Schrecklich schief. Ich musste handeln. Sofort.

Mit gezückten Stiletten trat ich die dicke Tür auf und sprang in das düstere Gemach. Direkt vor meinen Füßen lag eine lange Sense, die man unachtsam auf den Boden geworfen hatte. Ein paar Schritte weiter stand ein großer roter Ohrensessel, in welchem ein älterer Mann erstarrt kauerte. Aus seinem Mund trat ein hauchendes Dröhnen und seine Augäpfel wirkten beinahe nach innen gekehrt, während sein gesamter Leib wie an einem Streckbank vor Schmerz zuckte. Denn auf seinem Körper lag eine hochgewachsene Gestalt, gekleidet in einen langen, schwarzen Mantel, deren Zähne sich in den Hals des alten Mannes gebohrt hatten.

»Meister!«, schrie ich entsetzt und packte die dunkle Gestalt an ihrem Mantel.

»Ich kann mir bis heute nicht erklären, was genau damals geschehen ist.« Der Marshall fuhr sich langsam über sein Gesicht. »Meine Aufgabe war es gewesen, mögliche Augenzeugen auszuschalten, während sich mein Meister persönlich um den Despoten kümmern wollte. Ihr müsst wissen, mein Meister war ein regelrechter Virtuose, wenn es ums Töten ging, ein perfektionistischer Künstler. Er vollstreckte seine Tötungen immer sauber, mit absoluter Perfektion, ohne jemals ein großes Massaker dabei zu veranstalten. Seine Schnitte waren direkt, tadellos und führten unmittelbar zum Tod. Er war kein zerfleischender Ghul, sondern ein phantomartiger Sensenmann. Er erschien, bedeckte seine Sense mit Blut und war sofort wieder verschwunden. Doch was ich an dem Tage im Schlafgemach des Despoten mitansehen musste, hatte ich bei ihm noch nie erlebt. Beim Anblick des alten Mannes hatte mein Meister sich plötzlich auf ihn gestürzt und ihm mit seinen Zähnen das Fleisch aus dem Halse gerissen. So etwas war noch nie auf unseren Missionen geschehen. Ich war entsetzt gewesen. Doch ich musste handeln. Durch den Schrei des Despoten waren seine Wachen auf uns aufmerksam geworden, also zog ich meinen Meister mit aller Kraft vom zerfleischten Körper des alten Mannes weg, bis ich seinen regelrecht tobsüchtigen Anfall endlich beenden konnte und wir die Flucht ergriffen. Ohne wirkliches Ziel flohen wir daraufhin durch das Gebirge. Es war tiefste Nacht und dazu auch noch Winter. Und zu allem Übel überraschte uns dann auch noch ein schrecklicher Schneesturm. Ich weiß nicht, ob ich es als Glück oder Pech bezeichnen soll, aber nach einiger Zeit entdeckten wir dann doch eine verlassene Hütte im Wald, versteckt in einer Mulde. Sie war weder sonderlich groß noch wirkte sie besonders einladend, aber wir nahmen, was wir bekamen ...«

Heulend wurde die kleine Tür der Hütte aufgerissen, sodass der Sturm eilig hereinflog und die unebenen Dielen des Bodens mit Schnee bedeckte. Zwei funkelnde Stilette wanderten langsam durch den Türrahmen hindurch und ihnen folgte nach einem Moment mein zitterndes Ich, der mit meinen erschöpften Augen den kleinen Innenraum überprüfte. Niemand war zu Hause. Kein wütender Jäger und auch kein

wahnsinniger Einsiedler. Nur ein auseinandergebrochener Tisch, eine zusammengebrochene Kommode, ein zerfetztes Bett und ein fragil wirkender Kamin, über dessen Sims mich die zwei leeren Augen eines humanoiden Totenschädels stumm anstarrten. Ich musterte den Schädel argwöhnisch, denn aus dessen Schläfen wuchs sonderbarerweise das gigantische Geweih eines Hirsches. Keine mir bekannte Kreatur besaß solch eine osteologische Anatomie, weder in der Zoologie noch der Dämonologie oder der Kryptozoologie. Der frühere Bewohner der Hütte war wohl also kein Jäger gewesen, sondern einfach nur ein Geistesgestörter, der gerne Wolpertinger erschuf. Doch wer auch immer es gewesen sein mochte, diese Person war schon längst fort von hier und die Hütte war das Beste, was wir in unserer Not nun finden konnten.

»Keine Seele da!«, rief ich nach draußen, nachdem ich mich noch einmal vergewissert hatte, dass die Hütte auch wirklich verlassen war. »Ihr könnt eintreten, mein Meister.«

Sofort schwebte in Begleitung eines weiteren eisigen Windstoßes eine hochgewachsene Gestalt in die dunkle Hütte, deren Körper von den Füßen bis zum Gesicht von einem schwarzen Umhang bedeckt war. Ich fiel vor meinem Meister augenblicklich auf die Knie, während dieser mich gar nicht beachtete, langsam auf den Schemel vor dem Kamin sank und seine Augen stumm auf die eingefrorene Achse richtete. Unaufgefordert nahm ich ein paar der Holzscheite vom marginalen Stapel neben der Kommode und wollte sie gleich in den Kamin werfen, um meinen erstarrten Körper ein wenig auftauen zu können. Gerade, als ich aber neben dem Kamin stand, hob mein Meister plötzlich eine bleiche, knochige Hand. Ich wusste, was das zu bedeuten hatte. Es war ein Nein. Und ich musste den Befehlen meines Meisters Gehorsam leisten.

Einige Stunden vergingen, in denen mein Meister einfach nur wortlos den Kamin anstarrte, während ich ihn dabei von der anderen Ecke des Raumes besorgt beobachtete. Irgendetwas war hier ganz falsch. Nicht nur mit diesem Ort, sondern insbesondere mit meinem Meister. Er war sicherlich kein Mann vieler Worte – manchmal fragte ich mich, ob er die barbische Sprache überhaupt vollständig beherrschte – doch dieses Verhalten war schlichtweg unüblich.

Irgendwann hielt ich es dann nicht mehr aus. »Vergebt mir bitte vielmals, mein Meister«, stammelte ich bange. »Aber ich muss Euch einfach fragen, was vorhin in Fort Algoncia geschehen ist. Ich durfte Euch schon auf so vielen Missionen begleiten und habe so viel von Euch gelernt. Ihr gleicht einem Gott, wenn es um das Töten geht …

Ihr seid der Gott des Todes. Aber nie habe ich Euch das tun sehen, was Ihr heute diesem Despoten angetan habt. Was, mein Meister, ist da also in Euch gefahren?«

Keine Antwort. Der Meister schwieg und rührte sich keinen Millimeter. Nur sein langer Mantel wand sich gespenstisch im kalten Wind.

»Meister«, versuchte ich es weiter. »Ich bitte Euch, Ihr müsst mir zu verstehen geben. Was war auf dieser Mission anders als auf all den anderen? Ihr habt den Despoten nicht einfach getötet, Ihr … Ihr habt ihn wie eine Bestie zerfleischt. Ich möchte mir nicht anmaßen, Eure Gedankengänge zu verstehen, aber ich würde einfach gerne …«

Erneut hob der Meister seine knochige Hand. Ich hatte zu schweigen und nicht weiter nachzuhaken – und das tat ich auch. So sprachen wir die ganze Nacht hindurch kein Wort. Immer einmal wieder erhob ich mich und wanderte etwas durch den Raum, untersuchte die paar Möbel, lugte gelangweilt aus dem Fenster und hoffte darauf, dass der Sturm nun bald ein Ende finden würde.

»Doch das tat er nicht«, murmelte der Marshall starr. »Der Sturm wütete weiter und weiter und wurde mit jeder Stunde nur noch schrecklicher. Mir kam langsam schon der abscheuliche Gedanke, wir müssten mehrere Tage in dieser Hütte ausharren, und damit sollte ich auch leider Recht behalten. Es war das schrecklichste Unwetter, das ich je in meinen Tagen erlebt habe. So apokalyptisch, dass ich es nach einer Weile fast für übernatürlich hielt. Während ich über die Nacht hinweg in Panik und Wahnsinn verfiel, rührte sich mein Meister kein bisschen. All die zerrenden Stunden saß er nur auf diesem Schemel und starrte unnachgiebig den Ruß an. Ihr habt sicher auch schon verstanden, dass mein Meister alles andere als ein herkömmliches Individuum mit gewöhnlichem Verhalten oder alltäglichen Gewohnheiten war. Doch diese Totenstarre stieß mir einfach ungemein sauer auf. Irgendetwas ging ihm durch den Kopf, was seinen Geist vollkommen von seinem Körper trennte, aber ich konnte es trotz meiner stundenlangen Observationen nicht entziffern. Irgendwann ging die Sonne auf und irgendwann ging sie auch wieder unter. Plötzlich ging sie dann erneut unter, ohne dass ich den Aufgang mitbekommen hatte. Mir knurrte der Magen wie ein wildgewordener Bär und meine Zunge war ausgetrocknet wie sandiges Brot. Alles hätte ich für etwas zum Essen getan. Ich wusste, Schnee zu verzehren war eine absurd schlechte Idee, aber in meiner Verzweiflung nahm ich mir doch immer wieder eine Handvoll und versuchte, ihn mit meiner Körperwärme etwas zu schmelzen. Mein Meister hingegen zeigte weder Anzeichen für Hunger noch für Durst. Er befand sich immer noch in ein und derselben starren Position wie all die Tage zuvor. Ohne Schlaf, ohne Bewegung, ohne Stuhlgang, ohne einen Schluck Wasser und ohne auch nur ein Wort über seine Lippen gelassen zu haben. Langsam glaubte ich, den Verstand verloren zu haben. Und eines Morgens dann …«

»Meister?« Meine Augen, noch etwas verschwommen und sandig von meinem ungemütlichen Schlaf auf den Dielen, richteten sich sofort auf den Schemel vor dem Kamin. »Meister … ?« Allmählich wurde mein Blick etwas klarer und ich erkannte, dass der Schemel zwar unberührt an Ort und Stelle stand, von der Person darauf jedoch jedwede Spur fehlte. Perplex rappelte ich mich auf und zuckte mit meinem Kopf in alle Richtungen der Hütte, doch nirgendwo fand ich ein Indiz für den Aufenthalt meines Meisters.

»Den ganzen Tag lief ich verzweifelt hin und her und habe jede noch so kleine Ecke mehrere Male nach ihm durchsucht. Obwohl ich ausgezehrt von Hunger, Durst und Schlafmangel war, ließ mich die Panik über das Verschwinden meines Meisters keine Ruhe finden. Mein erster Gedanke war es, dass er mich verlassen hatte. Dass ich ihm nicht genug gewesen war, dass ich ihn enttäuscht hatte, dass ich ein schlechter Schüler gewesen war und er mich deswegen zum verdienten Sterben zurückgelassen hatte. Aber draußen wütete der Sturm noch immer wie am ersten Tage und der hätte ihn mit Sicherheit nach kürzester Zeit den Atem erstickt. Ich hatte also nicht die geringste Ahnung, was zur Hölle hier vor sich ging.«

Die Kälte schien zunehmend schlimmer zu werden. Meine bleichen Hände erstarrten langsam zu einem bläulichen Ton und die Innenseite meines Halses fühlte sich immer mehr wie ein rauer Wetzstein an. Und die Wände ... die Wände kamen immer näher. Ich hatte sie schon genauestens analysiert, ich kannte jedes kleine Detail an ihnen. Doch mit jeder neuen Stunde wirkten sie größer und dunkler ...

Plötzlich vernahm ich einen Schrei. Ein schrilles, ohrenzerfetzendes Geräusch, das mir die Nackenhaare aufstellte und beinahe ausriss. Erschrocken sprang ich auf meine Beine und machte mich für einen Angriff bereit, die Stilette fest in meinen steifen Fingern. Ich mochte vielleicht abgemagert wie ein einsamer Straßenköter sein, aber wenn es um Leben und Tod ging, würde ich mich nicht einfach so geschlagen geben. Mein Meister hatte mich schon verlassen, mein Wille und Verstand durften mich jetzt nicht auch noch im Stich lassen.

Doch es kam nichts. Die Tür blieb verschlossen und kein weiterer Schrei zog durch das Unterholz. Erleichtert lockerte ich meine Gelenke und atmete einmal tief durch. Dann aber machte es plötzlich ein dumpfes Geräusch auf dem Dach über mir und irgendetwas mit schabenden Krallen krabbelte spinnenartig über die Holzbalken. In Schlangenbewegungen huschte es rasch über alle Ecken und verstummte genauso schnell wieder, wie es gekommen war. Ich wollte nach draußen gehen und nachsehen, was auch immer das gerade gewesen war, doch meine Beine ließen mich keinen Schritt wagen.

Irritiert sank ich zu Boden, die Stilette glitten mir aus meinen kraftlosen Händen und mein Atem wurde unter der Last einer unerkennbaren Kraft zusammengedrückt. Unweigerlich glitten mir irgendwann meine ledrigen Augenlider zu und ich verfiel in einen tiefen Schlaf.

Als ich nach vielen pulsierenden und sich drehenden Träumen erwachte, war die Sonne schon fast wieder aufgegangen.

»Meister?«, keuchte ich über meine ausgetrockneten Lippen.

Auf dem Schemel vor dem Kamin saß eine hochgewachsene Gestalt, deren zerfetzter schwarzer Mantel mit dunkeln Flecken roten Tons überzogen war.

»Meister?«, fragte ich erneut und erhob mich zitternd. Aus irgendeinem Grund fuhr meine Hand instinktiv auf den Griff meines Stiletts. »Wo genau seid Ihr gestern gewesen? Ihr wart einfach fort, als hättet Ihr mich ...«

Wieder hob der Meister seine knochige Hand. Die Nägel an seinen dürren Fingern waren jedoch nun unnatürlich lang und von tiefen Rissen voller Dreck durchzogen.

Als ich die stumme Geste meines Meisters erblickte, begann mein Brustkorb plötzlich zu beben und innerlich vor Zorn zu brodeln. »Nein!«, brüllte ich voller Frustration. »Seit Tagen sitzen wir jetzt schon in dieser gottverlassenen Hütte fest! Ohne Wasser, ohne Nahrung und ohne einen verdammten Hauch von Wärme! Dann verschwindet Ihr einfach eines Morgens ohne eine Spur und lasst mich im Glauben, Ihr hättet mich zum Sterben zurückgelassen. Und jetzt seid Ihr urplötzlich wieder zurück und wollt mir zum verfluchten Teufel nochmal nicht einmal eine verdammte Erklärung geben?!«

Vor Zorn und Bitterkeit schwer atmend, wusste ich augenblicklich, dass ich gerade einige Schritte zu weit gegangen war. Und dass es für mich nun schreckliche Konsequenzen geben würde.

Für einen Moment rührte sich die dunkle Gestalt nicht und starrte weiterhin die Asche des Kamins an. Dann gab sie jedoch plötzlich ein röchelndes Hauchen von sich und stieg mit wehendem Schatten empor, bis ihre Kapuze die Decke streifte. Mit einem kläglichen Ächzen der Dielen rotierte sie sich ohne einen Schritt ihrer Füße in meine Richtung und streckte ihre verkrampfte und aschgraue Hand zitternd nach mir aus. Ein raunendes Stöhnen drang aus dem fauligen Maul unter der tief heruntergezogenen Kapuze und mit ihm tröpfelte eine Mixtur aus rotem Blut und gelbem Speichel auf den Boden.

Irgendwas ging hier überhaupt nicht mehr mit rechten Dingen zu. Auch wenn dieses Geschöpf die Kleidung meines Meisters trug, war die Gestalt darunter etwas ganz anderes. Ich befürchtete das Schlimmste und griff achtsam auch noch nach meinem zweiten Stilett.

»Meister …«, flüsterte ich unruhig. »Ich habe nicht die geringste Ahnung, was genau hier vor sich geht, aber wenn Ihr dazu imstande seid, dann erklärt es mir bitte.«

Die Gestalt starrte mich für einen Augenblick wortlos an, dann dröhnte ein Trommelfell zerreißendes Röcheln aus ihrer Lunge und mit ausgestreckten Händen fiel sie mich an. Mir gelang es, den gelblichen Krallen noch auszuweichen, doch im Bruchteil einer Sekunde hatte sie sich auch schon wieder umgewandt, um mich zu Boden zu reißen und mit ihrem Gewicht dort festzunageln. Mit einem zornigen Brüllen schnappten die spitzen Zähne gierig nach meiner Kehle, aber mir gelang es mit Mühe, den Schädel der Gestalt an Kinn und Stirn von mir fernzuhalten. Nach einem kurzen hin und her Geringe verpasste ich ihr einen gezielten Kinnhaken und ließ sie somit zurückweichen. Ohne einen Moment zur Rekalibrierung fiel sie mich jedoch gleich wieder an und schleuderte mich wütend gegen die Wand der Hütte. Ich griff in diesem kurzen Moment der Chance nach meinem Stilett und als die Gestalt erneut nach meinem Hals beißen wollte, zog ich mit der blitzenden Klinge einmal quer über ihren Schädel.

Die Gestalt kreischte schrill vor Schmerz, dass ich mir die Ohren zuhalten musste, krümmte sich klagend und sprang dann mit dem Kopf voraus durch das Fenster. Glasscherben flogen wie bei einer Explosion in alle Richtungen und der Schneesturm drang mit einem zornigen Heulen in das Innere der Hütte. Ich, von der Wucht des Sturmes zu Boden gerissen, rappelte mich gleich wieder eilig auf und stürmte auf das Fenster zu, um hinaus in die unendliche Finsternis des Waldes zu blicken. Von der Gestalt fehlte jedwede Spur, einzig ein durchdringender Schrei ertönte in der Ferne.

Die Zigarette war bereits auf den Ansatz heruntergebrannt. Nach einem allerletzten Zug senkte der Marshall schließlich seine Hand und drückte den Stumpen in der feuchten Mitte des Tisches aus, wodurch er aufgebracht zu zischen begann.

»So ist es damals geschehen«, sprach er und blickte nun zum ersten Mal wieder den starren ihm gegenüber sitzenden Creekov an. »Ich kann nicht sagen, wie viel ich mir davon in meinem Wahn aus Hunger und Durst eingebildet habe, aber die Erinnerungen daran suchen mich bis heute heim. Ich weiß nicht, ob die Gestalt tatsächlich mein Meister war oder etwas ganz anderes, aber ich habe ihn seitdem nicht mehr zu Gesicht bekommen. Ebenso wenig wie der Rest der Welt.« Er strich sich noch einmal über das knochige Gesicht. »Kurz nach dem Verschwinden der Gestalt nahm der Sturm urplötzlich ein Ende. Ich raffte meine letzten Kräfte zusammen und stolperte verwahrlost durch den Wald, bis ich ein kleines Dorf fand, wo mich die Bewohner wieder zusammenflickten. Dort erfuhr ich auch, dass man den Despoten von Fort Algoncia ermordet hatte. Ebenfalls wurde mir jedoch gesagt, dass es anscheinend zwei Angriffe auf sein Leben gegeben hatte, von denen er den ersten überlebt hatte. Eine schreckliche Wunde am Hals, die ihm aber nicht das Leben gekostet hatte. Am Tag zuvor drang dann jedoch erneut irgendetwas in seine Feste ein, das ihm die Haut von den Knochen zog, die Gedärme herausriss und den Torso von der Hüfte trennte. Die Wachen fanden ihn am nächsten Morgen zerfetzt in einem Bad aus Blut und Gedärmen – nicht aber verursacht von der scharfen Klinge irgendeiner Waffe, sondern den Zähnen und Fingernägeln einer Bestie. Niemand konnte sich genau erklären, was geschehen war. Ich aber glaubte es zu ahnen.«

Der Marshall schwieg.

Creekov, der die ganze Zeit über entsetzt zugehört hatte, wandelte seinen Blick nun bewusst zu einer besorgten Miene und wartete einen Moment ab, bevor er vorsichtig sprach: »Euer Meister ... war der Sensenmann von Dunkenehr, nicht wahr? Der gefürchtetste Meuchelmörder des Kontinents, der die Schwarzen Wälder in Angst und Schrecken versetzte, bis er eines Tages plötzlich spurlos verschwand. Der große Azraelean.«

Der Marshall nickte leicht. »Ja«, knurrte er. »Der Sensenmann von Dunkenehr. Ich kreuzte als Waisenjunge unglücklicherweise seine Wege, doch er verschonte mich, nahm mich bei sich auf und brachte mir alles bei, was er wusste. Ich weiß, welch schaurigen Legenden es über ihn gibt, doch der große Azraelean war zu seinen Lebzeiten nichts weiter als ein Schneekrieger wie Ihr und ich. Was er jedoch jetzt ist oder zumindest, was er damals in der Hütte war, kann ich Euch nicht sagen.«

»Vielleicht kann ich in diesem Fall behilflich sein.«

Die beiden Blicke richteten sich auf einmal auf Chowak, der soeben einen schmalen Wälzer auf den Tisch gelegt hatte und mit seinen Fingern vorsichtig über den Buchumschlag fuhr.

»Vor wenigen Tagen«, begann der kleine Mann, »bin ich hier in der Schenke auf diese alte Lektüre getroffen. Sie beschäftigt sich mit der Flora und Fauna des Gebirges, höchst interessant, doch mittendrin bin ich auf ein nebulöses Kapitel gestoßen, welches einen Exkurs in einen eher unergründeten Bereich der Lebenskunde wagte. Es handelt sich selbstverständlich um nichts wissenschaftlich Erwiesenes, weswegen ich dem Kapitel bei meinem ersten Lesen keine große Relevanz zugeschrieben hatte. Nachdem ich jedoch nun Euren Bericht gehört habe, Herr Marshall, bin ich entsetzt darüber, wie ähnlich er der Abhandlung in meiner Lektüre ist.«

»Was steht denn dort drinnen?«, fragte Creekov und rückte etwas näher an Chowak heran. »Nun sag schon.«

Chowak schluckte und musterte noch einmal den Marshall, bevor er zu sprechen begann. »Es berichtet von einem Fluch«, erklärte er schließlich. »Einem uralten Fluch, welcher bereits seit den letzten Worten Dunkens auf diesen Wäldern liegen soll. Der jene befällt, die den eigenen Willen über den der anderen stellen. Die sich – besonders zu schwierigen Zeiten – von der Gesellschaft absondern, selbstsüchtig handeln oder gar … das Fleisch ihrer Nächsten verzehren. Es heißt, jene, welche der Fluch befällt, verwandeln sich mit der Zeit Stück für Stück in ihrem Äußeren in das, was sie durch ihre Gier in ihrem Inneren schon immer gewesen sind – ein Ungeheuer. Eine Bestie, groß, bleich, abgemagert und eins mit dem Winter geworden, die in den bitterkalten Nächten einsam durch das Unterholz huscht und alles und jeden zerfleischt, der seinen Weg kreuzt, immer getrieben von einem nie enden wollenden Hunger. Und jene, die sich ihm entgegenstellen und wie er ein Herz aus Eis besitzen, denen soll das gleiche Schicksal blühen. Die Einheimischen nennen ihn den Fluch des ...«

»Windigo.« Der Wind schlug gegen die Fenster und der Marshall verschränkte mit einem tiefen Schnauben die Arme vor der Brust. »Ich habe von den Legenden dieser Kreatur gehört. Gewiefte Jäger, Fürsten der Wälder ... und beinahe unmöglich zu bezwingen.«

»Und Ihr denkt, die Bestie dieses Dorfes ist zugleich Euer Meister als auch ein ... Windigo?«, fragte Creekov entsetzt.

Wieder nickte der Marshall. »So sieht es aus.«

Entschlossen verschränkte Creekov seine Arme und nickte mit zusammengekniffenen Lippen. »Also gut«, meinte er. »Wir werden vergangene Fehler nicht noch einmal begehen. Dieses Mal bereiten wir uns angemessen vor. Dieses Mal ziehen wir mit vereinten Kräften gemeinsam in den Wald, finden heraus, was exakt hier vor sich geht und töten die Bestie – wer auch immer sie sein mag.«

»Nein«, unterbrach der Marshall ihn gleich. »Nein, dies ist meine persönliche Angelegenheit, die ich nur allein beseitigen kann. Viele Jahre habe ich versucht, diese Geschichte zu vergessen, doch wenn man dem Schicksal entweicht, führt es einen früher oder später wieder genau dorthin zurück. Deswegen liegt es allein in meiner Verantwortung, der Bestie nun ein Ende zu setzen.«

Creekov erhob sich, blickte streng auf den Marshall herab und schüttelte dann ein weiteres Mal den Kopf. »Nein, Herr Marshall«, sprach er bestimmend. »Dies ist weder allein Eure Angelegenheit noch allein Eure Verantwortung. Die Bestie hat mir zwei meiner Männer genommen, das werde ich nicht ungesühnt lassen. Wir beide haben das Verlangen nach Vergeltung und wir beide sollen es auch erfüllt bekommen. Wir werden gemeinsam in den Wald dort gehen und gemeinsam werden wir diese Bestie zur Strecke bringen.«

Ruhig stieg der Marshall auch nach oben. Er musterte seinen Gegenüber ausdruckslos, dann erstreckte sich aber plötzlich ein breites Grinsen über sein knochiges Gesicht, er streckte seine Hand aus und flüsterte zufrieden: »So soll es sein.«

Kapitel 5

Eine hochgewachsene Gestalt schlich langsam durch den finsteren Wald. Keuchend hob sie einen Fuß nach dem anderen an, um durch den widerspenstigen Schnee zu stapfen, während aus ihren Händen lange, spitze Klingen wuchsen. Sie hielt inne, wandte den Kopf und durchforstete mit starrem Blick das unendliche Dickicht zwischen den hohen Baumstämmen.

»Passt auf«, hallte die flüsternde Stimme des Marshalls durch die Finsternis. »Die Steine unter dem Schnee sind glatt. Wenn Ihr hier ausrutscht, brecht ihr viel, doch vor allem fallt ihr tief.«

Chowak schluckte einmal und quetschte sich an dem tiefen, von düsterem Nebel erfüllten Abgrund vorbei. Creekov, der direkt hinter ihm wanderte, wagte einmal einen vorsichtigen Blick hinab in den dunkeln Abgrund, hielt sich aber dann gleich erschrocken an der nächsten Felswand fest, unter anderem auch, weil der Sturm wieder etwas an Fahrt aufgenommen und ihm dabei beinahe das Gleichgewicht von den Beinen genommen hatte.

»Wohin marschieren wird überhaupt gerade?«, fragte Chowak, als sie endlich den Felsvorsprung hinter sich gebracht hatten und wieder auf festem Boden angekommen waren. Er steckte seinen Nacken etwas tiefer in seinen Mantel und untersuchte zitternd alle möglichen Richtungen, die vor ihnen lagen. Etwas anderes als die Unendlichkeit der labyrinthischen Baumstämme erkannte er jedoch nicht.

Während er das tat, sank der Marshall wiederum leicht in die Hocke und fuhr mit seinen Handschuhen einmal über den Waldboden. Er ließ etwas Schnee durch seine Finger gleiten und beäugte ihn sorgsam. »Sie war hier«, flüsterte er und zerstreute den Schnee wieder in der Luft, sodass der Wind ihn gleich mit sich riss und in den Abgrund hinter ihnen zog.

Creekov, nun ebenso bei ihnen angekommen, rückte seine vom Wind verschobene Uschanka wieder zurecht und verschränkte seine Arme. »Das habt Ihr jetzt schon mehrere dutzend Male gesagt. Herr Marshall, wir sind nun seit dem Morgengrauen unterwegs. Die Nacht ist bereits eingebrochen! Ich dachte, Ihr hättet eine Fährte. Wir sollten langsam entweder die Bestie oder einen Unterschlupf finden. Ohne eines der beiden frieren einem jeden von uns nämlich bald die Beine ab!«

Der Marshall stieg wehenden Mantel wieder empor und schnaubte belustig über seine Schulter hinweg. »Oh, Cormac Creekov, Ihr versteht hier etwas falsch«, murmelte er und schritt schon einmal ein paar Schritte weiter, um die Äste eines nächsten Baumes zu analysieren. »Der Windigo ist keine Bestie des Waldes, sondern der Wald das Reich des Windigos. Die Bestie hinterlässt nicht eine Fährte, welcher wir folgen könnten, denn sie ist überall. Sie lauert in der Rinde dieses Baumes, schlummert in den Tiefen dieser Schlucht und wacht unter dem Boden, auf dem Ihr gerade steht. Wir müssen nur tiefer in den Wald dringen, um zu ihrem eisigen Herzen zu gelangen.« Ohne ein weiteres Wort ließ er von den Ästen ab und marschierte weiter.

Der Sturm heulte zornig auf und fegte so über den Waldboden hinweg, dass er den gesamten Schnee mit sich riss und ihn wie Wellen auf stürmischer See umherwälzen ließ.

Creekovs zurrte das Band um seinen Kiefer etwas enger und umklammerte sein Beil etwas fester, dann nickte er Chowak zu und die beiden folgten dem Marshall.

So marschierten sie eine halbe Ewigkeit weiter, wie sie es seit dem Morgengrauen schon getan hatten, während die Luft um sie herum immer mehr von der Finsternis verschluckt wurde. Und je tiefer sie in den Wald hineinstapften, desto schneller verwandelte sie sich auch in eine bitterkalte Masse, die sich in ihre Lungen presste und sie sowohl jedweder Feuchtigkeit beraubte als auch zu Eis erstarren ließ. Creekov drückte sich immer wieder keuchend die Hand auf die Brust und rang verzweifelt nach Atem, doch führte er seinen Weg fort. Sie marschierten nun schon so lange, dass er ganz die Orientierung verloren hatte, sodass er nicht einmal mehr wusste, in welche Himmelsrichtung sie gerade eigentlich blickten. Würde der Marshall sie nicht so zielstrebig anführen, hätte er schon längst geglaubt, sie würden immer wieder im Kreis laufen. Bis auf ein paar Erhebungen und Felsvorsprünge sah hier nämlich jeder Fleck wie der nächste aus.

Dann, plötzlich, erstarrte der Marshall mitten im Lauf und hielt seine Hand in die Luft. Creekov und Chowak kamen gleich hinter ihm zum Stehen.

»Was ist?«, zischte Creekov und trat augenblicklich etwas näher an Chowak heran.

Die Finger des Marshalls verkrampften sich zu einer Faust und er ließ ein leichtes, kaum hörbaren Hauchen aus seinem Mund dringen. Creekov hatte sofort verstanden. Er hob das Beil an und untersuchte rasch alle möglichen Richtung, aus denen sie angegriffen werden konnten.

Doch es kam nichts. Das Einzige, was er schließlich vernahm, war das Flüstern des Marshalls, welches leise durch die Nacht drang und zischend in sein Ohr wisperte: »Lauft.«

Ohne lange darüber nachzudenken, packte Creekov Chowak am Arm und sprintete los. Weg von dem Marshall und weg von allem, was dort noch so lauern mochte. Der Wucht des Sturmes entgegen und dem umherwehenden Schnee zu ihren Füßen zum Trotze. Durch ewige Tunnel der Finsternis, vorbei an unendlichen Korridoren dunkler Baumstämme, weit durch die Schwärze der Nacht. Immer wieder glaubte er, hier und da einen Schatten durch die Baumwipfel huschen zu sehen, doch rannte er einfach geradewegs weiter, das Handgelenk Chowaks fest umklammert.

Irgendwann jedoch ließen ihm seine Beine im Stich, der Schnee ließ seine Füße den Halt verlieren und er landete rücklinks auf dem eisigen Waldboden. Chowak, ebenfalls zum Stillstand gekommen, half ihm augenblicklich wieder auf die Beine. Bevor er sich aber nach seinem Wohlergehen erkundigen konnte, winkte Creekov gleich ab und fischte rasch sein Beil wieder aus dem Schnee, denn schon vernahm er plötzlich ein seltsames Geräusch vor ihm. Ein Ächzen, beinahe gleich dem Heulen des Windes, doch von so einer Schrille, dass es ihm die Nackenhaare aufsträubte. Ohne weitere Worte drängte er Chowak hinter sich, zog seine schneeüberzogenen Augenbrauen zusammen und versetzte seinen Körper in Angriffsposition.

Vor ihm, aus dem dunklen Korridor aus engen Bäumen, stürmte den beiden ein jaulender Wind gleich einem donnernden Schrei entgegen. Ein schrilles Heulen, welches sich, von Grauen und Schrecken erfüllt, seinen Weg durch das Unterholz bahnte, um mit brennendem Verlangen zu ihnen zu gelangen. Das Geräusch von schabenden Krallen auf eisigem Holz, begleitet von einem knochentrockenen Röcheln. Wie ein rascher Windstoß huschte ein Schatten auf die andere Seite der Baumreihe und gab ein weiteres, tiefes Röcheln von sich. Wieder ein Windstoß und im Bruchteil einer Sekunde hallte der zerreißende Klang plötzlich von der anderen Seite her. Mit jedem weiteren heulenden Hauch des Winterwindes jagte der Schatten immer näher von Baumstamm zu Baumstamm auf seine Beute zu und bohrte dabei seine langen Krallen immer tiefer in die gefrorenen Rinden. Creekov umklammerte sein Beil noch etwas fester, als wäre es nun Teil seiner Hände geworden, und biss die Zähne zusammen.

»Creekov.«

Sein Herz kam beinahe zum Stillstand, als er herumfuhr und direkt in das bleiche Gesicht des Marshalls starrte, seine ausdruckslosen Augen wie feuerrote Irrlichter in der Nacht.

»Ich habe einen Unterschlupf gefunden«, flüsterte der Marshall und wandte sich gleich von ihnen ab, um ihn die andere Richtung zu schlendern.

Bevor er außer Sichtweite geraten konnte, schnellte Creekovs Blick gleich wieder zurück auf den dunkeln Korridor, doch fehlte dort nun jedwede Spur des umherhuschenden Schattens und der Wald um ihn herum war wieder so still wie zu vor. Er schüttelte den Kopf und folgte schließlich widerwillig dem Marshall. Dieses Mal marschierten sie aber tatsächlich nur eine kurze Weile durch den widerspenstigen Schnee, denn schon bald erreichten sie eine schmale Lichtung, in der eine kleine, felsige Mulde lag. Und dort, mitten in der Mulde, lauerte eine schmächtige, heruntergekommene Hütte, welche sie mit ihren bleichen Fenstern wartend anstarrte.

Knarzend wurde die kleine Tür aufgestoßen, sodass ein frostiger Nebel langsam hereinflog und die unebenen Dielen des Bodens mit einer dunstigen Schicht überzog. Zwei funkelnde Stilette wanderten langsam durch den Türrahmen hindurch und ihnen folgte nach einem Moment der Marshall, der mit seinen Augen vorsichtig den kleinen Innenraum überprüfte. Es sah fast alles noch so aus wie in jenen Tagen. Die paar Möbel – der auseinandergebrochene Tisch, die zusammengebrochene Kommode und das zerfetzte Bett – standen noch exakt an Ort und Stelle, nicht um einen Millimeter verschoben. Ebenso wie der fragil wirkende Kamin, über dessen Sims noch immer die leeren Augen eines Totenschädels mit Hirschgeweih jeden Ankömmling prüfend musterten.

»Kommt herein«, flüsterte er über seine Schulter hinweg. »Es ist niemand hier.«

Als Creekov und Chowak sich in den Raum drängten, hatte er sich bereits ruhig auf dem Schemel niedergelassen und starrte tiefgründig in die gefrorene Asche des Kamins.

»Ist dies der Ort?«, fragte Creekov, während er sich den Schnee vom Mantel schüttelte und Chowak hinter ihm die Tür schnell verschloss. »Die Hütte, in der alles geschehen ist?«.

Der Marshall hob und senkte ausdruckslos seinen bleichen Kopf.

Creekov nahm sich die Uschanka vom Kopf und hielt sich die Hand auf sein rapide pochendes Herz. »Was war das?«, fragte er zitternd. »Was war dieser Schatten dort draußen in den Bäumen? Und warum ist er einfach so verschwunden?«

Der Marshall nahm den Schürhaken vom Sims und stach damit etwas in der Asche umher. Dann murmelte er: »Ihr versteht hier etwas gänzlich falsch, Cormac Creekov. Sagt mir, was habe ich Euch bei unserem Aufbruch im Dorf gesagt?«

Creekov tauschte einen Blick mit Chowak aus. »Dass wir diese Bestie nicht auf ordinärem Wege fangen könnten?«

»Genau so.« Der Marshall legte den Schürhaken beiseite, machte jedoch keinerlei Anstalten, ein Feuer herzurichten. »Wir suchen nichts, wir warten lediglich darauf, gefunden zu werden. Hört auf, zu denken, Ihr könntet die Bestie einfach so finden. Die Jagd nach ihr gleicht nicht der Jagd eines Hirsches oder Keilers, denn diese Bestie ist kein Tier. Überdies ist sie auch kein einfaches Jagdwild, ganz im Gegenteil, denn wir selbst sind hier die Gejagten, unumkehrbar verwickelt in das perfide Spiel eines hochintelligenten Raubtieres. Ja, die Bestie ist selbst kein hungriger Ghul, keine durstige Bruxa und auch kein heißblütiger Wyvern, sie ist ein gerissener, scharfsinniger und kalkulierter Jäger. Und sie findet einen immer, früher oder später. Deswegen werden wir hier ausharren, bis sie sich zeigt.«

Creekov blickte erneut Chowak ratlos an, dessen Blick sich aber irritiert auf das Fenster auf der anderen Seite des Raumes gerichtet hatte. Der Junge wandte den Kopf, doch erwiderte er seinen Gesichtsausdruck nur und zuckte mit den Schultern.

»Ihr denkt, die Bestie wird sich hier in eine Falle locken lassen?«, fragte Chowak verblüfft und wechselte darauf ebenfalls einen weiteren Blick mit Creekov. »Und wie genau lautet dann bitte Euer Plan, wenn sie uns letztendlich aufspürt?«

Der Marshall wandte sich unheilvoll zu dem kleinen Mann herum und ließ seinen rechten Mundwinkel sich einmal über seinen gesamten Kiefer erstrecken. »Ihr werdet es sehen, wenn es soweit ist, Herr Chowak. Die Falle ist bereits gesetzt, das Monster muss nur noch hineintreten. Vertraut mir, schon bald werdet Ihr verstehen.« Mit einem Mal erstarrte seine Visage wieder und er widmete sich erneut der grauen Fassade des Kamins. »Geht nun schlafen, meine Herren. Für heute ist unsere Arbeit getan. Erst morgen liegt ein großer Tag vor uns.«

Ein weiteres Mal ließ Chowak fragend seinen Blick auf Creekov schnellen. Bevor dieser ihm jedoch eine Antwort geben konnte, zuckte er gleich wieder zurück auf den Marshall und dann auf einmal auf das Fenster auf der anderen Seite des Raumes. Chowak zog seine schmalen Augenbrauen zusammen und wollte gerade die Stimme erheben, da legte sich plötzlich Creekovs Hand ruhig auf seine Schulter.

»Alles gut, Chowak«, meinte er und nickte leicht. »Leg dich schlafen und denk nicht zu viel darüber nach.«

Chowak starrte ebenso irritiert Creekov an und schien im Inbegriff sein, etwas zu sagen. Dann aber entschied er sich um, nickte einmal kurz und stolzierte, den Blick immer wieder über seine Schulter werfend, in eine Ecke des Raumes, um dich dort niederzulassen. Er murmelte noch ein leises »Du wirst es schon wissen«, dann wandte er ihnen den Rücken zu, rollte sich ein und schloss seine müden Augen.

Creekov seufzte und machte es sich nach einem kurzen Augenzucken auf den teilnahmslosen Marshall ebenfalls in einer Ecke bequem, direkt neben dem Karmin, mit dem Rücken an die Wand gelehnt und den Knien fest an die Brust gedrückt. So verweilte er eine ganz Weile und wagte es dabei nicht einmal für ein paar Sekunden, seinen Blick vom schlafenden Chowak zu lassen. Wie er dort lag, allein auf der anderen Seite des Raumes, während sein Körper sich langsam hob und senkte. Ein junger Bursche, geschult in allem, was ein Wort auf einem Blatt Papier darzustellen vermochte, aber blind für alles, was sich jenseits deren Ränder verbarg. Eine gute Seele, gefangen in einem Körper, der schon zu viele schlechte Dinge vollbracht hatte. Doch trotz allem – ein Kind.

»Ihr macht Euch Sorgen um ihn«, erklang es plötzlich dumpf aus der Richtung des Marshalls.

Überrascht wandte Creekov sein Gesicht auf die schattenhafte Gestalt am Kamin, doch der Marshall gab kein weiteres Wort von sich und wartete einfach nur stumm. Creekov seufzte einmal, dann nickte er schließlich. »Diese drei Burschen waren meine Familie. Von dem Moment an, als ich sie bei mir aufgenommen habe, sind sie mir wie Brüder, wenn nicht sogar Söhne gewesen. Doch nun ... nun haben zwei von ihnen unter meiner Wache ihre Leben verloren. Sagt mir, was für ein Vater würde so etwas nur zulassen?«

Der Marshall rührte sich um keinen Millimeter vom Fleck, doch schnaufte er einmal hörbar. »Ihre Tode waren nicht Eure Schuld«, raunte er in einem Ton, von dem Creekov nicht sagen konnte, ob er ihm nun eine Last von der Brust nahm oder einen Schauder das Rückgrat herunterlaufen ließ. »Ihr wisst, die Bestie macht einzig Jagd auf jene, die die Finsternis in ihren Seelen tragen. Die Unrecht getan haben und das eigene Wohl über das der anderen gestellt haben. Ich weiß, welche Taten in den Vergangenheiten Eurer Männer liegen und wie diese sie bis heute prägten. Shawnowitz und Ojibski waren nicht in der Lage, ihre Finsternis zu überwinden, aber für Chowak besteht noch eine Chance. Dies mag seine Feuertaufe sein.«

»Ich glaube nicht, dass sie hinter Chowak her ist«, kam es plötzlich aus Creekov heraus, dass er selbst etwas überrascht über seine Worte war. Er schloss die Augen und biss sich auf die Lippe. »Denn ich meine, dass ich ihre wahre Beute bin.«

Der Marshall neigte seinen Kopf ein klein wenig nach links, sodass Creekov gerade so sehen konnte, wie sich seine dünne Augenbraue leicht anhob. »Ihr seid ein Mann von Würde, Cormac Creekov, von Anstand und Respekt. Ihr habt ein aufrichtiges Leben geführt, habt Euch immer mit dem Herzen dem Schutz Eurer Nächsten verpflichtet, befreit von jedweder noch so kleinen Selbstsucht. Somit kann die Bestie nicht hinter Euch her sein ... oder etwa nicht?«

Creekovs Blick, eigentlich immer noch auf Chowak fixiert, verlief sich mit einem Mal in der Leere.

»Ihr ... Ihr wisst nicht alles über mich«, begann er schließlich. Er seufzte einmal und schüttelte dann bitter den Kopf. »Ach, jetzt hat es auch keinen Sinn mehr, hier irgendein Schauspiel vorzuführen. Ich muss leider sagen, dass Ihr Euch in mir irrt. Ich sollte mir ebenfalls Sorgen vor der Bestie machen. Denn Ihr müsst wissen ... ich bin nicht immer in meinem Leben rein sauberer Arbeit nachgegangen.«

Er blickte den Marshall erwartend an, doch dieser hielt seinen Blick nur wortlos nach vorne gerichtet. Er wartete augenscheinlich einfach nur darauf, dass er weitersprach.

Also schüttelte Creekov noch einmal seinen bärtigen Schädel. »Vor vielen Jahren habe ich meinen Lebensunterhalt nicht damit verdient, einfache Leute über das Gebirge zu führen, sondern nur jene Leute, die viel Geld in ihren Taschen hatten. Da die Überquerungen meistens im Geheimen verlaufen mussten, war also auch immer davon auszugehen, dass besagtes Geld mit Sicherheit nicht aus sauberen Quellen kam. Doch mir war das damals recht egal gewesen. Wenn jemand genug zahlte, schmuggelte ich ihn durch das Gebirge, egal was er schon verbrochen hatte oder was er noch im Begriff war, zu verbrechen.« Er kniff die Augen zusammen und biss sich auf die Zunge. »Auch damals hatte ich schon eine Truppe gehabt. Drei tüchtige junge Männer, voller Eifer und Raffinesse, die mich auf jeder noch so waghalsigen Mission begleiteten. Dann, eines Tages, als wir einmal wieder vorfreudig auf dem Weg in unsere Winterpause waren, kam überraschend doch noch ein neuer Auftraggeber auf uns zu. Alle drei meiner Gefährten schlugen jedes Angebot sofort ab, weil sie sich natürlich im Klaren darüber waren, welche Gefahren das Gebirge im Winter barg. Doch sobald der Mann mir seinen Geldbeutel gezeigt hatte, hatte ich im Handumdrehen meine Männer überredet und wir waren mit Sack und Pack in das Gebirge aufgebrochen. Ungefähr auf halbem Weg holte uns jedoch auch schon ein Schneesturm ein. Verzweifelt suchten wir nach einem Unterschlupf, doch vergebens. Unseren Auftraggeber hat er sich als erstes geholt, der jüngste meiner Männer ist als nächstes erfroren, die anderen beiden sind ihm kurz darauf gefolgt. Durch welchen Segen auch immer habe nur ich es gerade so überlebt.« Er fuhr sich mit beiden Händen einmal über sein Gesicht, um das unangenehme Kribbeln unter seinen Augenlidern loszuwerden. »Nicht nur habe ich also über all die Jahre hinweg absoluten Scheusälen auf ihrem Wegen zu wahrscheinlich schrecklichen Gräueltaten geholfen, sondern ich habe auch noch allein wegen meiner Gier den grausamen Tod dreier junger Burschen zu verantworten. Nachdem ich ins Tal zurückkehrt war, habe ich mir geschworen, so etwas nie wieder geschehen zu lassen und mich fortan nur noch aufrichtigen Arbeiten zu verschreiben. Doch seht nur, wo ich jetzt schon wieder angelangt bin.« Er schnaubte bitter. »Manchen Dingen kann man nie entfliehen. Manche Sünden ruhen einem für immer auf der Seele. Und ich denke, dass die Bestie das auch weiß.«

Ohne eine Reaktion – ja nicht einmal ein Räuspern oder gar ein Augenzwinkern – wandte der Marshall sich vollständig von ihm ab und versteckte sein Gesicht unter seinem Kragen. »Schlaft jetzt«, murmelte er. »Morgen wird ein besonderer Tag sein. Wir müssen uns alle darauf vorbereiten.«

Creekov rührte sich jedoch nicht vom Fleck.

Erst nach einer Weile ergriff der Marshall noch einmal das Wort und wandte erneut seinen Kopf ein wenig in Creekovs Richtung. »Fühlt Ihr Euch schuldig?«, fragte er ruhig. »Für das, was Ihr getan habt?«

»Jeden Tag«, kam es gleich aus Creekov heraus. Jene Worte waren nämlich keine, über welche er sich viele Gedanken machen musste. Denn sie lagen ihm schon seit Jahren regelrecht auf der Spitze seiner Zunge. »Und jede Nacht. Zu jeder Sekunde meines Lebens muss ich über all die Seelen nachdenken, deren Tod ich entweder mit zu verantworten oder direkt herbeigeführt habe. Die durch einen Mörder getötet wurden, den ich durch das Gebirge gebracht habe. Die durch einen Geldsack in die Armut getrieben wurden, den ich über die Berge geführt habe. Oder die im bitterkalten Winter elendig erfroren sind, weil ich an nichts anderes als an mein Gold denken konnte. Es ist wie ein Fluch, der ewig an mir haftet, und durch den ich dazu verdammt bin, bis zum meinem Tode die selben Fehler immer und immer zu begehen. Ich glaube nicht, dass ich jemals davon erlöst werden kann … und langsam bekomme ich das Gefühl, dass ich es auch niemals werden soll.«

Der Marshall atmete einmal tief und eigentlich kaum hörbar durch, dann erhob er sich von seinem Schemel und schritt auf das düstere Fenster zu, die Arme tief in den Taschen seines Mantels versenkt. »Die Vergangenheit ist eine Kette«, murmelte er, während er zu versuchen schien, irgendetwas in dem dunklen Chaos zu erfassen. »Mit jedem Tag, den wir voranschreiten, wächst ein weiteres Glied hinzu, und je nachdem aus welchem Metall wir dieses Glied geschmiedet haben, ist die Last an unseren Körpern leichter oder schwerer. Und ein jeder von uns stellt sich die Frage, ob wir nicht irgendwann den einen Hammer finden werden, durch den wir unsere Ketten endlich durchtrennen können, oder ob wir mit dem Schmieden unserer Kettenglieder unser Schicksal nicht bereits bis in alle Ewigkeit besiegelt haben. Was meint Ihr, Cormac Creekov? Werdet Ihr Eure Ketten jemals durchtrennen können oder werdet Ihr sie ewig an Eurem Knöchel tragen?«

Creekov öffnete ganz leicht den Mund, dann stockte ihm jedoch auf einmal der Atmen und er schwieg.

Der Marshall nickte langsam. »Ihr stellt Euch diese Frage gar nicht mehr, denn Ihr wisst, wie schwer Eure Ketten tatsächlich sind. Womöglich verfügt über diesen Hammer nur noch der Tod.« Er ließ von dem Fenster ab und kehrte mit gesenktem Haupt auf seinen Schemel zurück. »Ihr habt es versucht, doch habt Ihr gelernt, dass auch Ihr Euch selbst niemals vergeben könnt. Schlaft nun, Cormac Creekov. Ab dem Morgengrauen wird vor Euch eine schwere Herausforderung liegen, über dessen Lauf hinweg die Bestie entscheiden wird, ob Ihr von Euren Ketten erlöst werdet oder ob Sie Euch letztendlich die Kehle umschnüren werden ... So wie ein jeder von uns.«

Creekov starrte den Marshall fragend an, dann nickte er jedoch leicht, ließ den Blick von ihm ab und verschränkte seine Arme vor der Brust. Er verschloss seine Augen und verfiel – von allen Seiten durch das Heulen des Sturmes in Trance versetzt – langsam aber sicher in einen tiefen und ruhigen Schlaf.

Er erwachte wieder, als sich ein warmer Schleier sachte über sein Gesicht ergoss. Blitzend versuchte er, seine trägen Augenlider zu öffnen und erhaschte dabei immer wieder einen Blick auf das sonderbar gelbliche Licht, das seine krampfhaft verengten Pupillen blendete. Einige weitere Male blinzelte er noch, um sicher zu gehen, dass sein Verstand ihn doch nicht täuschte. Aber tatsächlich, wie aus einem göttlichen Segen schien ein heller Sonnenstrahl durch das milchige Fenster in die kleine Hütte herein und verbreitete eine Wärme auf Creekovs Haut, von der er nicht gedacht hatte, dass er sie jemals wieder verspüren würde. Noch immer schlug die ein oder andere Schneeflocke sachte gegen die Scheibe, doch ansonsten herrschte eine so besinnliche Ruhe, dass er beinahe seine Augen wieder schließen und in völliger Entspannung zurück in seinen Schlaf versinken wollte. Wenn er genau hinhörte, glaubte er draußen sogar das ferne Zwitschern eines Vogels zu hören. War dies die Realität? War dieser Albtraum endlich vorbei?

Augenblicklich ergriff ihn ein noch nie dagewesener Eifer. Mit einem Mal wurde er von dem Bedürfnis erfüllt, dort hinauszustürmen, sich in den Schnee zu werfen und sich von oben bis unten unter den warmen Schein der Sonne zu legen, während er den friedlichen Klängen der Natur lauschte. Als er jedoch ruckartig seinen Schädel vom Boden der Hütte anhob, bemerkte er, dass jene eben verspürte Wärme nicht von dem fahlen Sonnenlicht her gerührt war. Verwirrt tastete er an seiner rechten Kopfseite herum und erfasste mit seinen Fingern eine zähe, warme Masse. Eine Masse, die seine Fingerspitzen dunkelrot färbte.

Wie vom Blitz getroffen fuhr er im Sitzen herum und starrte direkt in zwei leere Abgründe aus Eis. Zwei ausdruckslose Kugeln in einer erstarrten, bleichen Visage, unter deren Kinn sich eine lange, schmale Kluft erstreckte, aus welcher Schwadern dunkelroter Brühe quollen.

»Chowak!«, schrie Creekov auf und stürmte auf den Jungen zu, doch auch nachdem er ihn fest in seine Arme genommen hatte, blieb dessen Körper einfach regungslos.

Hilfesuchend stierte er in alle Richtungen, doch konnte sein Blick sich letztendlich nur auf eine Sache fixieren. Direkt unter dem Schädel, auf dem kleinen Schemel sitzend, stumm über die Asche des Kamins gebeugt, saß ein regloser, hochgewachsener Schatten von scharlachroter Farbe.

»Was ... was ist geschehen?«, fragte Creekov entsetzt. »Wer hat Chowak das angetan? Wie ...«

»Wie habt Ihr es gleich nochmal dem Schankwirt gesagt?«, murmelte der Marshall plötzlich über seine Schulter hinweg. »*In einem Gebirge sind es nicht Werwölfe, Draugr, Perchten oder sonst was, vor denen man sich fürchten sollte. Denn den wahren abscheulichen Tod — still, langsam und schmerzvoll — bringt einzig der Atem des Winters selbst.*« Langsam hob er seinen Arm an und begann sich mit seinen langen Fingernägeln an der Stirn zu kratzen. »Wisst Ihr, Cormac Creekov, wie es ist, einen Monat lang in absoluter Eiseskälte zu leben? Eingeschlossen in eine schmächtige Hütte, umzingelt vom tosenden Winterwind, der mit aller Kraft und Macht versucht, zu einem vorzudringen.

Mutterseelenallein. Und ohne jedwede Hoffnung, je wieder das Sonnenlicht erblicken zu können.«

»Was soll das!?«, fragte Creekov verdattert und versuchte verzweifelt, irgendwie irgendwo Halt zu finden. Doch vergebens. »Was … was hat das mit Chowak zu tun?«

Der Marshall biss sich stumm auf die Fingernägel, dann nahm er die Hand von seinem Mund und ließ seinen Finger auf die gegenüberliegende Wand zeigen. »Das Fenster«, murmelte er. »Es ist nicht eingeschlagen.«

Creekov blickte auf ebenjenes milchige Fenster, doch bevor er sich auch nur allzu viele Gedanken über dessen Zustand machen konnte, schnellte sein Blick gleich wieder auf den Marshall zurück. »Was?«

»Das Fenster ist nicht eingeschlagen«, wiederholt dieser nur. »Der Junge war ein vorlauter Bengel, doch das muss ich ihm lassen. Er hat die Lücke erkannt. Nur leider etwas zu früh. Hmm, schade.«

»Was zur Hölle meint Ihr?«, knurrte Creekov, während seine Hände sich langsam zu Fäusten verkrampften.

»Mein Meister hat diese Hütte nie verlassen«, sprach der Marshall ruhig und seufzte einmal schwer. Dann erhob er sich gemachsam von dem Schemel und drehte sich in Creekovs Richtung. Und entsetzt erkannte dieser in der bleichen Visage nicht nur ein schrecklich hämisches Grinsen, sondern auch Spritzer dunklen Blutes. »Ihr habt gestanden«, fuhr der Marshall schließlich nach einer Pause fort. »Das muss ich Euch lassen, Ihr habt wenigstens gestanden. Doch habt Ihr mir auch nicht alles erzählt. Vor vielen Jahren, als Ihr noch ein gänzlich anderes Klientel betreut habt, kam einmal ein schleierhafter Mann auf Euch zu. In einer Almhütte wie jener, in welcher wir uns das erste Mal begegnet sind. Anders als bei mir habt Ihr für ihn jedoch eine außergewöhnliche Faszination empfunden. Er, ein älterer Herr, gekleidet in feine Kleidung, bat Euch in höflicher Stimme darum, ihn in eine Kleinstadt zu führen, welche in der Mitte des Gebirges lag. Es war Beginn des Winters, ein Himmelfahrtskommando also, sich zu dieser Jahreszeit in die Berge zu wagen, doch der Fremde bot Euch eine so sagenhaft hohe Geldsumme, dass Ihr alle Vorsicht sofort vergessen und Euch gemeinsam mit Euren Gefährten in die Berge aufgemacht habt. Ihr brachtet den Mann in seine Stadt, nahmt Eure Belohnung entgegen und zogt Euch zurück in das Tal, ganz in dem Glauben, Eure Taten hätten keinerlei Konsequenzen. Doch während Ihr zufrieden Eure Taler gezählt habt, ist der elegante Fremde in jenem Bergfort Schritt für Schritt zu einem mächtigen Mann aufgestiegen. So mächtig, dass er irgendwann sogar zum Kommandanten der Stadtwache ernannt wurde und daraufhin kurzerhand den Schulze gestürzt und sich selbst zum Alleinherrscher ernannt hatte.«

Während der Marshall langsam herumschlenderte und das Scheppern seiner Sporen die Hütte wie der Takt einer schiefen Uhr erfüllte, erstarrte Cormac Creekov mit einem Mal zu Eis.

Der Marshall bemerkte das selbstverständlich und schmunzelte wieder leicht, unterbrach seinen Marsch jedoch nicht. »Nachdem es der neue Despot dieses Ortes, welcher sich natürlich Fort Algoncia nannte, mit seiner Abscheulichkeit zu weit getrieben hatte«, fuhr er fort, »beauftragten die Herrscher Dunkenehrs den gefürchtetsten Auftragsmörder des Kontinents damit, ihn endlich zu Fall zu bringen. So reiste der Sensenmann von Dunkenehr in das Gebirge von Barbos und entriss den Despoten, wie all die anderen unzähligen Male zuvor, im Handumdrehen seiner Seele. Beim Versuch, das Schloss zu verlassen, ging jedoch wider Erwarten etwas schrecklich schief. Der große und gefürchtete Azraelean wurde von den Wachen des Despoten erwischt und schwer verwundet. Durch reines Glück gelang ihm und seinem Schüler noch die Flucht und sie irrten durch den finsteren Winterwald, bis sie schließlich auf eine verlassene Hütte stießen und dort Zuflucht suchten.« Ruckartig blieb er stehen und drehte knackend seinen Nacken herum, sodass er Creekov direkt anstarren konnte. »Der große Azraelean erlag binnen weniger Tage seinen Verletzungen. Sein Schüler blieb allein zurück. Vier lange Wochen musste er in dieser Hütte ausharren, während ein schrecklicher Schneesturm ihn immer wieder zu erdrücken versuchte. Er hatte nichts zu essen außer … nun ja. Nach vielen langen Tagen fanden ihn schließlich zwei Jäger, doch hatte er wohl von Glück sprechen können, dass sie nicht erst am Tag darauf auf die Hütte gestoßen waren.«

Creekovs stand am anderen Ende des Raumes, durch die Augen des Marshalls wie festgefroren. Sein zitternder Blick wanderte auf den am Boden liegenden Chowak, dann auf das durch den Wind polternde Fenster und schließlich wieder zurück auf den Marshall. Und dann brachte er nur jene Worte hervor: »Das Fenster ist nicht eingeschlagen. Ihr ... Ihr habt ...«

»Ja«, fiel ihm der Marshall kalt ins Wort. »Ja, ich habe. Alles davon. Einen abgerissenen Torso, ein gebrochenes Genick, einen abgetrennten Kopf und eine durchschnittene Kehle. Vom Anfang bis zum Ende. Wegen Eurer Gier wurde ich jener Person entrissen, die mir einem Vater, Mentor und Beschützer jemals am nächsten gekommen war. Wegen Eurer unnachsichtigen Entscheidung wurde ich allein in dieser grausamen Welt zurückgelassen. Und wegen Eures selbstsüchtigen Handelns hätte ich in ebendieser Hütte um ein Haar den qualvollen und elendigen Tod gefunden. Hier, umzingelt von der einzigen Bestie, welche diese Berge kennen, gefangen durch den einzigen Fluch, vor dem man sich in diesem Gebirge fürchten muss. Und genau deswegen habe ich Euch das Gleiche angetan.« Mit einem Mal blitzte in seiner rechten Hand ein schimmerndes Stilett hervor, welches in der Dunkelheit des Raumes wie die Krallen an der Klaue eines blutdürstigen Ungetüms wirkten. »Doch noch ist mein Werk nicht zu Ende gebracht. Noch habt Ihr nicht ganz erlitten, was ich erleiden musste.«

Bevor Creekov sich versehen konnte, war der Marshall schon wie ein Falke auf ihn zugesprungen. Er wollte noch zur Seite weichen, doch sein Angreifer riss ihn sogleich mit aller Wucht von Chowaks Leichnam weg und ließ sein Stilett einmal blitzschnell durch die Luft zucken, wodurch ein stechender Schmerz durch seine Unterschenkel bis hinauf in seine Hüfte schoss.

Während Creekovs Körper sich augenblicklich verkrampfte und er mit seiner Hand versuchte, die kleinen brennenden Öffnungen an seinem Bein zu bedecken, stieg der Marshall wieder mit wehendem Mantel empor und wischte den leichten roten Streifen seiner Klinge an seinem Ärmel ab. Dann blickte er ein letztes Mal auf den am Boden kümmernden, alten Mann.

»Fühlt es«, sprach er kalt, sein Gesicht nun wieder von jedwedem Ausdruck eines hämischen Schmunzelns bereinigt. »Fühlt den Fluch des Windigos. Denn er allein soll über Euer Urteil entscheiden.« Er steckte das Stilett zurück in seinen Mantel, knöpfte diesen bis zum Kinn zu und fuhr dann langsam herum, um mit scheppernden Schritten auf die Tür zuzustapfen, während er tief und leise murmelte: »Lebt wohl, Cormac Creekov.«

Der Marshall öffnete die knarzende Tür und fühlte sogleich, wie das warme Sonnenlicht sich um sein knochiges Gesicht schlang und der leichte Wind es von der Stirn bis zum Kinn mit kleinen, feuchten Flocken bedeckte. Gerade wollte er hinaus ins Freie treten und hatte auch schon einen Fuß in den weichen Schnee gesteckt, da verspürte auch er plötzlich einen stechenden Schmerz in seinem Unterschenkel. Wild fuhr er herum, doch ehe er das tief in seiner Wade steckende Messer erkennen konnte, war er plötzlich schon zu Boden gerissen worden und zwei kräftige Hände hatten sich grob um seinen Hals geschlossen. Während er mit aller Kraft versuchte, jenen schweren Körper von sich zu reißen, starrte er überrascht dem bärtigen und angespannten Gesicht Cormac Creekovs entgegen.

So würde er es nicht enden lassen. All das nur wegen Vergehen längst vergangener Tage – nein, so etwas würde er sich nicht gefallen lassen. Er war es nicht, der in dieser Hütte seinen Tod finden sollte. Er war nicht die faulende Leiche, die man irgendwann im Frühjahr hier vorfinden sollte. Er war es nicht, sondern …

Die beiden wälzten sich am Boden hin und her. Immer wieder versuchte Creekov, seinem Feind den Atem aus der Kehle zu pressen, doch der Marshall befreite eine seiner Hände und drückte damit das Gesicht Creekovs so von sich, bis dieser schließlich zur Seite rutschte und der Marshall wieder die Überhand gewinnen konnte. Bevor er aber auf seine Beine kam, war Creekov auch schon wieder mit ausgeholter Faust zurück und ließ diese immer und immer wieder auf das knochige Gesicht des Marshalls einschlagen. Der Kiefer des Schädels knackte lautstark unter der Wucht, doch Creekov hielt nicht ein. Er schlug weiter zu, bis er irgendwann jeden einzelnen Knochen gebrochen haben würde.

Dazu sollte es jedoch nicht kommen. Der Marshall nahm all seine Kraft zusammen, zog sich an Creekovs Schultern empor und verpasste ihm eine mit seiner Stirn. Beide taumelten sie eine Weile, doch der Marshall nutzte den Moment gekonnt, um nun mit seiner Faust Creekov zu Boden zu schlagen, sein Stilett zu zücken und es ein weiteres Mal durch dessen Schenkel zucken zu lassen.

Der alte Bergführer knurrte auf und krümmte sich gequält am Boden der Hütte. Der Marshall hingegen erhob sich wankend.

»Nein«, murmelte er perplex und stützte sich an der Wand ab. »Nein, Cormac Creekov, Ihr werdet hier nicht im Kampfe Eure Erlösung finden. Der Winter, er wird Eure Feuerprobe sein. In ihm sollt Ihr entweder die Erlösung oder die Verdammnis finden. Bis dahin, lebt wohl.« Mit zusammengebissenen Zähnen riss er sich das Messer aus der Wade, spuckte einmal aus und stapfte dann hinaus ins Freie. Die Tür schlug er hinter sich donnernd zurück in ihre Angeln, sodass das warme Licht der Morgensonne mit einem Schlag wieder aus dem engen, kleinen Raum verbannt wurde.

Cormac Creekov, der Mann, der über all die Jahre so viele Leute erfolgreich durch die Tücken des Gebirges geführt hatte, lag starr auf dem Boden der alten Hütte, den Kopf an die Wand gelehnt und den Mund lose geöffnet. Kein Wort verließ mehr seine Kehle, nur der eiskalte Hauch seines schweren Atems, während seine Augen langsam leer ins Nichts starrten.

Wenn an jenem frischen Wintermorgen nun eine Bestie im Schatten des alten Waldes gelauert hätte, hätte sie wohl einen hochgewachsenen Mann erblickt, der langsam durch das Dickicht der Bäume humpelte. Gehüllt in einen wehenden Mantel von scharlachroter Farbe, das Gesicht jedoch unter einem großen Hut und hinter einem aufgestellten Kragen verborgen, während stockend ein weißer Nebel aus seinem Munde drang und in der Luft langsam verblasste. Wenn an jenem frischen Wintermorgen nun eine Bestie im Schatten des alten Waldes gelauert hätte, hätte sie jenen Mann wahrscheinlich für leichte Beute gehalten. Sie hätte ihn augenblicklich angefallen und mit ihren spitzen Fangzähnen zerfleischt.

Doch jener Mann war mutterseelenallein in diesem totenstillen Wald, einzig umgeben vom seichten Heulen des Winterwindes. Und als er schließlich an einem steilen Abhang vorbeiwanderte, wand sich ein leichter Stoß ebendieses Windes durch seine Beine. Seine Füße verloren ihren Halt und hoben sich von dem felsigen Boden ab. Seine Hände versuchten noch verzweifelt, sich an einen der Äste zu klammern, doch konnten sie letztendlich nichts als eiskalte Luft ergreifen und mit einem lauten Schrei stürzte er hinab in die Tiefe.

Epilog

Ein kleines Tröpfchen kämpfte sich langsam den schweren Ast der Fichte hinunter. Es rann über die spitze Nadel hinweg und fiel schließlich hinab auf den feuchten Waldboden, wo es sofort mit voller Wucht von einem beschlagenem Huf in den Matsch gedrückt wurde. Eine Kolonne aus mehreren Reitern, die meisten davon in scheppernde Rüstungen gehüllt, ritt mit flottem Galopp aus dem Wald hervor und auf den heruntergekommenen Wall des kauernden Dorfes zu.

Eine Teil der Bewohner, an ihrer Spitze eine alte Dame mit krummem Buckel und milchigen Augen, die sich wankend auf einen schmalen Gehstock stützte, war bereits verwirrt aus dem Tor gekrochen und hatte sich vor dem Wall versammelt, um neugierig die fremden Besucher zu begutachten. Während Schnee und Matsch unter ihnen in alle Richtungen spritzte, kam die gepanzerte Reiterschaft direkt vor ihnen zum Stehen und umzingelte die Bewohner mit gezückten Waffen. Der einzige unter ihnen, der nicht exakt wie die anderen Soldaten aussah – ein älterer Herr in einem marineblauen Pelzcaban – ritt in ihre Mitte, zügelte grob sein wieherndes Ross und schwang sich dann flott davon herunter, sodass seine beiden Stiefel mit einem dumpfen Platschen im Matsch landeten.

»Willkommen in Fort Vitika … Eure Majestät«, murmelte die alte Dame schief und verbeugte sich zitternd vor dem fremden, breit gebauten Mann, der mit raschelndem Säbel an seiner Hüfte forsch auf sie zu stampfte.

Der ältere Herr schnaufte einmal belustigt und fuhr sich mit der Hand über die untere Hälfte seines halb-kahlen Kopfes, in dessen Mitte sich ein dicker grauer Schnauzer einmal von der einen bis zur anderen Schläfe erstreckte. »Verschont mich mit Eurem Geschwafel, Bergfrau, denn ich bin keine Majestät«, brummte er tief und blickte mit seinen großen Habichtaugen resolut auf die alte Dame herab. »Ich bin Kurfürst Morghen von Seematt, Minister im Rat des Königs der

Schneekrieger. Da Ihr mir aber sowieso nicht weiter folgen könntet, komme ich am besten gleich zum Punkt. Vor wenigen Wochen verließ einer meiner Konfidenten die andere Seite des Gebirges und begab sich auf einen Pass, welcher durch Euer Dorf führt. Unglücklicherweise habe ich aber seitdem nichts mehr von ihm gehört, obwohl ich ihm auftrug, sich in höchster Eile zu mir zu begeben, was wohl heißt, dass er unterwegs irgendwie verloren gegangen sein muss. Er wäre Euch sicher aufgefallen. Groß gewachsen, wortkarg und gehüllt in Scharlachrot. Also, bevor Ihr Euch irgendwelche Geschichten ausdenkt, beantwortet besser gleich meine Frage: Wo steckt der Scharlachrote Marshall?«

Die alte Dame senkte ihren schrumpeligen Schädel und wippte sich unruhig auf ihrem Stock hin und her. »Oh, oh, böse Dinge sind das, von denen Ihr sprecht, Herr Kurfürst. Die letzten, die zu viele Fragen gestellt haben, sind tief in den Wald gedrungen und nie wieder daraus zurück...«

Bevor sie ihren kümmerlichen Monolog zu Ende bringen konnte, nickte Kurfürst Morghen einem seiner Soldaten zu, worauf dieser blitzschnell seine Armbrust anhob und augenblicklich einen Bolzen mitten in die Menge feuerte.

Während die Dorfbewohner sofort alle erschrocken von dem umkippenden Körper zurückwichen, trat Kurfürst Morghen etwas näher an die alte Dame heran und platzierte seine linke Hand auf dem Griff seines Säbels. »Legen wir besser ein paar Grundregeln fest, Bergfrau«, knurrte er und ließ den Soldaten mit einem Fingerzucken gleich einen weiteren Bolzen einspannen. »Für jede Lüge, die Eure Lippen verlässt, werde ich einen Eurer Leute töten. Also, sparen wir uns besser gleich die Scherereien. Ich wiederhole mich: Wo steckt der Scharlachrote Marshall?«

Wieder wankte sich die alte Dame abwesend hin und her, dann hob sie aber ihren Schädel und starrte den Kurfürsten mit ihren milchigen Augen an. »Auf diesen Wäldern liegt ein Fluch, Herr Kurfürst. Viele haben bereits versucht, ihm zu trotzen, und sind voller Überzeugung in ihren Herzen in die Tiefen des Waldes gezogen, doch nie kehrte jemals jemand von ihnen zurück. Es ist eine uralte Macht, die jene auf die Probe stellt, die ihren Weg kreuzen. Ist man reinen Herzens und frei von lüsternen Dämonen, wird man siegreich triumphieren und von jenem Fluch erlöst werden. Jene jedoch, die sich von Hass, Selbstsucht und Gier verführen lassen, werden von ihm in die dunkelsten Abgründe der Hölle verschleppt werden und sich selbst in eine Bestie verwandeln. Wir nennen ihn den Fluch des W…«

»Danke, ich habe genug gehört«, unterbrach Kurfürst Morghen sie plötzlich und stapfte rasch zurück in Richtung seines Pferdes. »Ihr sagtet, der Marshall wäre in den Wald marschiert und nicht mehr zurückkehrt? Nun gut – Männer! Durchsucht mir jeden noch so kleinen Winkel dieses vermaledeiten Forstes, bis ihr entweder den Marshall oder seine kümmerlichen Überreste gefunden habt!« Sein Blick fiel erneut auf die alte Dame. »Und nehmt mir dieses alte Weib hier mit! Wir verlassen diesen Wald entweder mit ihr und dem Marshall oder kehren mit vollständig leeren Händen wieder zurück. Auf geht's!«

Es dauerte eine ganze Weile und irgendwann war Kurfürst Morghen sogar kurz davor, seine Suche aufzugeben. Dann aber kam plötzlich aus dem Dickicht der Bäume einer seiner Soldaten auf ihn zugeritten und verkündete begeistert: »Mein Herr! Wir haben ihn gefunden! Sein Körper lag am Ufer eines Baches, begraben unter einer leichten Decke Schnee. Ich muss zugeben, ich habe keine Ahnung, wie, doch er ist noch am Leben!«

Augenblicklich gab Kurfürst Morghen seinem Hengst die Sporen und preschte an dem Soldaten vorbei in jene Richtung, aus der er gekommen war. Unten in einer schrägen Schlucht, am Ende eines steinigen Hanges, direkt am Ufer eines kleinen Eisbaches, hatte sich bereits eine kleine Gruppe seiner Soldaten um eine dunkelrote Masse im Schnee versammelt. Erst als er etwas näher kam und sich von seinem Ross schwang, erkannte er, dass es sich dabei in Wirklichkeit um ein Paar durchnässter Stiefel und einen ebenso durchnässten Mantel und Hut handelte, die einen reglosen und ausgemergelten Körper umschlungen.

»Er ist es wirklich«, murmelte der Kurfürst fassungslos und ging etwas in die Hocke, um den großen Hut beiseite zu schieben, der die bleichen, knochige Züge jenes vertrauten Gesichtes bedeckte. »Und er ist tatsächlich noch am Leben.«

Zufrieden erhob sich er wieder und fuhr sich sardonisch über seinen dicken Schnauzer, als er bemerkte, dass die alte Dame aus dem Dorf gerade ebenso von ein paar anderen Soldaten herbeigeführt wurde. »Ein Fluch, sagtet Ihr?«, lachte Kurfürst Morghen von Seematt einmal böse an sie gewandt. »Nun ja, wenn Ihr das so meint. Dann kommt mir das ja wohl gerade wie gelegen. Mir scheint, den Reichen von Dunkenehr droht bald ebenfalls ein düsterer Fluch …« Er musterte jenen abgemagerten Körper in dem dunkelroten Gewand, welcher nun sachte auf einen Pritsche gelegt und schließlich hinfort getragen wurde. »Der Fluch des Scharlachroten Marshalls!«

ENDE

Für eine detailreichere Karte der Welt
& weitere Hintergrundinformationen

Einfach diesen QR-Code einscannen
oder
folgenden Link im Browser eingeben:

https://lmr.rimmel.biz/

DANKSAGUNG

Und schon wieder eine Novelle weg, obwohl ich eigentlich weiter an Band 2 hätte arbeiten sollen. Aber trotzdem hätte auch diese Geschichte nicht zustande kommen können, wenn nicht ein paar freundliche Augen – manche neue und manche wiedergekehrte – danach noch einmal darüber gelesen oder mir anderweitig geholfen hätten. Deswegen ...

- Vielen Dank an **Tobias Kolbinger** für das wieder einmal unglaublich gestaltete Titelbild. (Instagram: *@kaymonn.tobs*)

- Vielen Dank an all meine lieben Testleser für ihre hilfreichen Rückmeldungen und vereinzelten Beratschlagungen bei allerlei Problemen:

    o **Korbinian Rauh**
    o **Albert Rimmel**
    o **Leoni Weiß**
    o **Maximilian Syssoev**
    o **Sarah Wink**
    o **Lena Enzinger**

- Und natürlich vielen Dank an jeden, der es auch dieses Mal wieder bis zu dieser Seite hier geschafft hat.

*»Auch das schlechteste Buch hat seine gute Seite:
die letzte!«*

John James Osborne